押し入って内側をかき回す肉の刺激に、ぞくぞくと鳥肌が立った。

「しん…ち…、は…ぁ…ぁっ…あ…あッ…!」

肉のぶつかる卑猥な音が響いて、肌が熱く火照ってしまう。

「もっと乱暴に責められたいんだろ…?」

専制君主のコクハク

ぼくのプロローグ

専制君主のコクハク

ゆらひかる

12890

角川ルビー文庫

目次

ぼくのプロローグ

MY PROLOGUE

専制君主のコクハク

おれは恋人なんだから、おまえに何してもいいに決まってるだろ？

SHINICHI KAZAMI

風見慎一《かざみ しんいち》

25歳という若さにして天才と呼ばれる、世界的なイラストレーター。専制君主で『おれ様』なひかるの恋人。

月充ひかる《つきみつ ひかる》

大学を卒業した22歳。デビューして2年目の新人作家。他人を信じやすい素直な性格で、慎一に心配されることが多い。

HIKARU TSUKIMITSU

JUN TOMITA

富田じゅん　とみた じゅん

ひかるの先輩作家。慎一とは幼なじみで姉弟のような関係。性格が男前でさっぱりしている。

ひかるってサド気質の男に狙われるわよねえ。

REIJI NAKAO

中尾怜司　なかお れいじ

人気バンド「ミッドナイトバード」のボーカル。マイクを持つとカリスマなのに、実はシャイな性格。

…あなたが、好きなんです……。

NAOKI MATSUMURA

松村直樹　まつむら なおき

ひかるにものすごく執着している大学の後輩。自分の部屋にひかるを監禁しようとしたこともある。

まだひかるくんのことあきらめてませんから。

口絵・本文イラスト／桜城やや

十二月二十四日。クリスマス・イブの今夜、都心のホテルで催されたパーティは目を瞠るほど豪華なものだった。

出版社や新聞社、代理店《エージェント》が主催するパーティ会場には、各業界のお偉方の他に国内外の画家やアーティスト達の顔もあった。

その他にも歌手や女優、俳優、モデルといった、テレビや雑誌で見たことのある芸能人がファッションショーさながらの服装で多数詰めかけている。

——もしかして…ぼくだけ思いきり場違いなんじゃあ……？

遅れてきたぼくは入口でいきなり気後れし、思わず両手を拡げて自分の服装をチェックしてしまった。

学生時代からパーカーやトレーナーといったラフな服装が多かったので、こんな華やかな席にはあまり慣れていない。これはパーティ用に〝彼〟が選んでくれたオフホワイトのスーツだ。シンプルなスタンドカラーのシャツに白のチーフ。ジャケットの襟に金糸で刺繍《ししゅう》をしてあって、ちょっと派手かもと思っていた。

「ぜんぜん目立たないからいいか…」

周りのお客さんの方がずっと華やかだし、なによりパーティの主賓は誰よりも目立つ男なのだ。ホッとしてタイを締め直すと、ぼくは厚いじゅうたんを踏んで奥に歩き出した。

ぼく、月充《つきみつ》ひかるは二十二歳で職業は作家だ。

大学二年のときファンタジー小説でデビューして、もうすぐ三年目。春に大学も卒業して、今年やっと作家として軌道に乗ってきたところだ。

「でも、今夜は内輪の打ち上げパーティだって聞いてたのになぁ…」

三百人以上の客がいる会場は、もう打ち上げという規模じゃない。

今夜の主賓は、弱冠二十六歳で世界的に名を知られた天才イラストレーターだ。

格調高い美術的な絵画から、マンガ的なゲームのキャラクターデザインまで、彼の絵は各業界から高い評価を受けていて、ファンも世界中にいる。

その彼が大きな個展を開いたのは今回が初めてで、個展を手伝っていたぼくも、国内外の反響が予想以上に大きくて驚いた。

会場には静かなクラシックのBGMが流れ、ステージ上には『風見《かざみ》慎一《しんいち》　個展・画集出版記念祝賀会』といかめしく書かれたプレートが掲げられている。そのステージでは、知性派女優と渋いベテランの司会者がパーティの進行をしていた。

正面の大きなスクリーンにクリアに映っているのは、今度の個展に出された彼の絵だ。司会者が絵の解説を読み上げ、数分ごとに別の絵に切り替わる。そのたび客が雑談を止めて、ほうっと感嘆の吐息を漏らしていた。

個展は十二月半ばから二週間開催されて、絵はすべて初日に完売してしまった。

いま映っているのは、『黎明《れいめい》』という夜明け前の海の絵だ。青紫の空は星が薄れ、もうすぐ朝陽が昇るだろう。幻想的な水平線の輝きは、海が胎内《たいない》に黄金を抱いているような不思議な色合いだ。岩に打ち寄せて砕け散る波しぶきは迫力で、雄壮な波の音まで聞こえてきそうな気がする。力づよくうねる波は、まるで目の当たりにしたようなリアルさで、それでいて写真や本当の自然とはまた違った感動や衝撃を見るものに与えるのだ。

不思議な気持ちにさせられる夜明け前の落ち着いた色合い、雄大で力づよい波の躍動、そして、いずれすべてを輝かせる太陽《もの》への期待と希望…。

彼の絵には感受性を触発する『何か』がある。それはきっとテクニックとは違うもので、描《えが》いている画家自身の持つ深い感性や魂に触れて、人は絵から何かを受け取っているのかもしれない……。

風見慎一は、ずっと憧れていた大好きな『絵描き』だ。

そしていまは、ぼくの一番大切な人でもある。

「ひかる、こっちこっち～！」

出版関係者のスーツの間をすり抜け、黒いロングドレスの美女が手を振りながら歩いてくる。

「じゅん先生、締めきり大丈夫ですか？」

「うん、昼にぎりぎりでアップして、さっき美容院から直行してきたのよ」

長い茶髪をアップにしたメガネ美人は、二十八歳の先輩作家の富田《とみた》じゅん先生だ。

「じゅん先生、さすがに今夜は気合入ってますね。カッコイイです」

「うふん、ありがとー♡　せっかくのパーティだもん、おしゃれしなくちゃね～」

素直に感心しているぼくににっこり笑うと、口紅と同じ光沢のあるワインレッドの爪をひらひらさせる。

ゴールドの大きなイヤリングと、ブレスレット。大胆に胸元を開いた黒のドレスは、腰のくびれや形のいい膝下が部分的に透けていて、かなり艶っぽい。

「ドレスに合わせてメガネも作っちゃったわ」

「似合いますよ」

笑いながら自分で顔を指さす彼女に、ぼくは笑って頷いた。

メガネが似合うと自負している彼女は、ファッションでメガネを変えている。今夜は知的でキャリアな大人の女性の色気という演出のようだ。

彼女は百六十五センチのぼくより少し背が高く、さらにいま十センチくらいのピンヒールを履いている。美人でスタイルがいいので、たぶん会場にいる女優やモデルの上を行く存在感があるだろう。

「ひかるは、このスーツ慎一に選んでもらったんでしょ？」

「はい、タキシードの方がよかったですか？」

「絶対こっちのが似合うわよ。すっごく可愛く見えるもの」

「…そうですか…」

スーツ姿が可愛いと言われて、ちょっとしょんぼりする。

ステージでは主賓を迎えるため、司会者が風見画伯の輝かしい経歴を読み上げているところだった。

「うふふ、慎一ついに『風見画伯』にされちゃったわね」

「おれは『絵描きだ！』って、本人ぶりぶり怒りそうですよね」

ふたりで顔を見合わせて笑ってしまう。

彼の経歴を初めて聞いたけど、立派な賞の名前がたくさん挙がっている。ほとんど美大にいた時に受賞したもので、天才だと騒がれ始めたのもその頃からだ。

でも本人は受賞の栄誉はどうでもよかったらしく、二十歳までマンガ家のアシスタントをして、その後デザイン・スタジオでも仕事をしている。

それでも描きためた絵は二冊の画集になって海外でも広く出版され、今度出版される三冊目は世界中が注目していた。しかも現在、彼がキャラクターデザインをした格闘ゲームは、国内で大ブレイク中だ。

「自分の弟ながら大したヤツだと思うわよ。どう？　奥さんとしても誇らしいでしょ」

「…はい」

顔を寄せてメガネ越しににっこり笑う彼女に、動揺しないように気をつけて答えた。

じゅん先生は慎一にとってじつの姉のような存在で、ぼくらの関係を知っている。

男同士《ボーイズ》の恋愛小説も書いている彼女は、ぼくが編集長からボーイズものの依頼をされたときから、趣味と実益を兼ねてぼくらを応援してくれていた。完全にノーマルだったぼくと慎一が恋人同士になったので、いつもじゅん先生に遊ばれてしまう…。


「お待たせしました。主賓、風見慎一先生のご登場です」

司会者ふたりが右手を差し上げたときフロアが暗くなり、重厚なクラッシックが流れてくる。

いきなりステージ奥の扉にスポットライトが当てられ、開いた扉から〝彼〟が現れたとき、周りにいた客達がいっせいに息を呑むのがわかった。

彼はまだマスコミに素顔を露出していない。彼の絵は知っていても、彼の容姿を知らない人がほとんどなのだ。

盛大な拍手で迎えられてライトの中にいる青年は、百八十六センチの長身だ。広い肩幅と精悍な身体に、一分《いちぶ》の隙もなく黒のタキシードを着こなしている。

「うわあ…マジカッコイ〜…！」

「うそ…画家じゃないよ…あれ絶対モデルよ」

「あれが本人だってば、雑誌でサングラスしてる写真と同じだもの」

上品にドレスアップした女性達がざわめき、うっかり我を忘れて本音の囁きを交わし合う。

「あははは〜、あれじゃ男の敵よね」

「ホントですね」

会場の男性陣が思いきり引いていて、ぼくも思わずじゅん先生に同意してしまった。

彼の容姿は『風見画伯』とか、『画家・風見先生』といった老成したイメージからは、まったくかけ離れている。彫りの深い野性味のある顔立ち《ハンサム》で、ステージに立たなくても目立つ。

「ふうん、慎一が着るとタキシードがべつの服に見えるわね」

じゅん先生がまじめに感心して周りのタキシードを眺める。

〝やっぱり、タキシード着てこなくてよかった…〟

横に並ぶことを考えて、ぼくは本気で胸を撫で下ろしてしまった。周りの男性客も同じように考えたのか、そっと自分の服や周りのタキシードを見回している。彼と同じ服なのかどうか、つい見比べてしまうのだ。

深く一礼した彼が顔を上げたとき、ふいに切れ長な目を細めてにっこり笑う。とたん近寄りがたかったクールな雰囲気が払拭され、女性がぽ〜っとなるような甘い笑顔になった。

「どうも、こんばんは。ご紹介いただいた風見です」

低い魅力的な声がマイクを通して会場に響く。

彼はスポットライトを気にも留めず、まじめな面持ちでゆっくりと薄暗いフロアを見回した。

「本日は、私《わたくし》のためにお集まりくださって、本当にありがとうございます」

その爽やかな口調と笑顔につられて、周りの男性客が自然と顔をゆるませている。

スピーチはとてもシンプルで、『絵を見てもらえて嬉しかった』という彼の真摯な気持ちが伝わってくる。豪華な宴席《パーティ》の主賓としてでなく、ただの絵描きとして、彼は絵を見てくれた人々に心から礼を尽くしている。少しも臆することなく奢《おご》ることもなく、飾らない気持ちのいいスピーチだ。

会場がしんと静まりかえり、聞こえてくるのは彼の声だけ…。

その心地いい声に耳を傾けながら、ぼくは暗いフロアから彼を見つめていた。華やかなステージにいる彼を誇らしく思うと同時に、まるで別世界にいるように遠く感じて不安になる。

「これからも、ただの絵描きとして、よろしくお願いします」

嬉しそうな笑みを浮かべて彼が一礼したとき、会場が息を吹き返したようにわあっと盛り上がった。最初は気に入らないという表情で眉をひそめていた年配の男性客まで、いまは惜しみない拍手を送っている。

会場にいる誰もが、心から彼の才能と魅力を絶賛していた。

　ステージでは司会者ふたりが個展に関してのインタビューをし、客は彼の言葉や一挙一動を見逃さないように注目している。才能や容姿以上に、彼には人を惹きつける存在感《オーラ》やフェロモンのようなものがある。一度彼を見ると、無意識のうちに目で追ってしまうのだ。

「う〜んさすが慎一、どこをとっても文句をつけようがない好青年だわ。これじゃ男だって嫌味を言えないわよね」

　——よしっ、と拳を握って、じゅん先生が嬉しそうに言った。珍しく頬が上気していて、弟を誇らしく見つめる『姉《あね》』の表情になっていた。

「慎一《あいつ》、いままで誰が頼み込んでも正式に個展を開かなかったのよ。それがこんなパーティにも出て、あいさつまでするなんて信じられないわ。ひかるのおかげで、いますごくやる気になってるんじゃない？」

「ぼくは関係ないと思いますけど…」

「そう？　でも慎一が幸せそうな顔してるのは、間違いなくひかるのおかげよ」

「…そう言ってもらえると、本当に嬉しいです」

　彼女の言葉に胸が熱くなった。目を細めて笑ってくれる彼女は本当にいいお姉さんだ。

「どうひかる、ここでパ〜ッと慎一と婚約発表しちゃうってのは♡」

「じょっ…冗談じゃありません」

　一瞬、大声をあげかけてから、ぼくはぐっと声を抑えた。

「そーお、カミングアウトしといた方が安心よ。だって、ここに来てる女優やモデルの子って、みんな慎一狙いだもん」

「え、そうなんですかっ!?」

「うんそう、ほとんどね。みんな事務所の社長に頼み込んでコネを駆使してるはずよ。なんたって、天才イラストレーターで年収が億単位でしょ。しかも誰にでも自慢できるハンサムなんだから、ゲットできれば大ラッキーよ。いまなんて世間の注目度高いから、噂になるだけでも自慢できちゃう」

「そうなんだ…」

少し不安になって声が沈んでしまった。

「慎一が浮気する心配はないわよ。どんなにいい女が現れたって大丈夫、自分の奥さんが最高に可愛いって思ってるんだから」

「…はい」

くすくす笑う彼女に、ぼくは大きく頷いた。

そう、ぼくの恋人は、とても誠実な人だ。

無意識にスーツの胸を押さえて、心の中で自分に言い聞かせた。

――だから…、どんな女性が現れても心配することなんてない……。

「…あの…じゅん先生、聞いてほしいことがあるんですけど…」

「うん？　なに？」

黒服のウエイターからワイングラスを受け取った彼女が、ごきげんで顔を寄せる。

「じつはさっき、個展会場に…」

心に引っかかっていることを彼女に話しかけたとき、また会場がざわめいた。

パッと明るくなったフロアにBGMが流れ出す。ぼくとじゅん先生が振り返ったとき、慎一がステージを下りてくるところだった。囲むように客達が集まり、彼が穏やかな表情で周りに会釈する。顔を上げたとき彼が迷いもなくぼくを見つけて、胸の内側がどきんと鳴った。

――し、慎一……。

ふいに甘い笑みを浮かべた彼に、急にカ〜ッと顔が熱くなる。

ぼくにだけ向けてくれる恋人の笑顔は嬉しいけど…。

軽く手を上げてまっすぐ歩きだした彼に、客達が自然に左右によけて道を開けていく。

ぼくの目の前まで一本の道ができたとき、心臓がさらに激しくバクバクしてきた。だっていま道を開けてくれているのは、華やかな女優や業界の偉い人達で、すべての人が彼と話したくてうずうずしている。しかもいま、彼が真っ先に誰のところへ行くのか、みんな興味津々で見守っているのだ。

〝もし…こんな場所で、ぼくらの関係がバレたら…〟

そう考えかけただけで、ふ〜っと目眩《めまい》がしてくる。

男同士なのであえて公言してはいないけど、彼は親しい仲間には『おれの恋人《パートナー》』と堂々と紹介してくれる。仕事先の編集部や慎一の海外エージェントなどは、一緒に暮らしているだけで完全に〝風見先生の奥さん〟として扱ってくれていた。

もちろん男同士でも、互いに誠実に愛し合っているのだから恥じることはない……。

けど…、できれば目立たないように、ふたりでひっそり暮らしたいと思う。

ぼくの恋人はあまりに有名で目立つ人なので、誇らしく思う反面、できれば人前に出ないでほしいと願ってしまうのだ。

まるで映画のワンシーンのように、彼はタキシードの裾をなびかせて歩いてくる。その優雅な姿に誰もが目を奪われ、無意識にゆるい吐息を漏らす。

ぼくの目の前にくるまで、ほんの十秒足らず…。そのほんの短い間《ま》が、気が遠くなるほど長く感じられた。

〝慎一…〟

彼が優しい笑みを浮かべて前に立ったとき、ぼくは唾を呑み込んで、せめてうつむかないように、しっかりと顔を上げた。

いまフロアでは、さざ波のように囁きが交わされていて、ドキドキする鼓動は、もう周りに聞こえそうなくらい大きくなっている。

この華やかなパーティの主賓が、ぼくの恋人なんだ……。

いまさらながら信じられない気分になる。さっきステージにいた彼はまぶしくて、まるで手の届かない場所にいるように感じていたのだ。

「ひかる」

慎一が掌を差し出したとき、周りの視線が肌を刺すようにぴりぴりと伝わってきた。

極度に緊張して逃げ出したくなる。なのに優しい彼の瞳を見ていると、その頼もしい胸に衝動的に飛び込みたくなるのだ。

——ぼく、いま変だ…絶対まともじゃない……。

身体が傾くような引力にぐっと拳を握りしめたとき、すぐ隣にいた彼女がぽんとぼくの背中をはたいた。

「慎一、個展成功おめでとう！」

さりげなく彼の手を取って、じゅん先生が婉然《えんぜん》と微笑んだ。

「素晴らしかったわ」

主賓にふさわしい知的で美貌の恋人に、男達がほうっと目を見開き、女性客が一瞬〝うっ〟と顔を歪めて悔しそうな表情になる。長身の彼らが並ぶとゴージャスで、文句のつけようがない美男美女のカップルだった。

わき起こった拍手にふたりが軽く会釈をし、慎一が苦笑して前髪をかき上げた。

「うふっ、ひかるが困ってたから助けてあげたのよ。でも、これで女の子達のアタックが少しは減るでしょ」

「まーなぁ」

じゅん先生がぼくにウインクし、慎一が横でため息まじりに肩をすくめる。

「おかげで助かりました」

じっさい視線がぜんぶ彼女に向いて、ぼくはホッと胸を撫で下ろしたのだ。

「あたし的には、ひかるを奥さんだって紹介するのもありだと思うけど」

「そうするか？」

「い、いえ…ここでは…」

額をくっつけるようにして囁いた慎一に、ぼくはあわてて両手を振った。

「やっぱり恥ずかしいか？」

「あ、ぼくが恥ずかしいとかと、違うんです…」

自分がどうのというより、こんな正式な場所で『風見慎一』に男の恋人がいるのが知れたら、それこそ大スキャンダルだ。彼はそんなリスクをなんとも思っていないけど、いま彼の才能を絶賛している人達だって、きっと見る目が変わってしまう。

「黙っててくださいね」

「ああ」

ドキドキしながら見上げたぼくに、彼は優しく頷いてくれた。

「おまえが他の男《ヤツ》に目を付けられてもマズイしな」

「そういう意味じゃないんだけど……」

ぼくの方を心配してくれる慎一に、〝う〜ん〟と頭を掻いてしまった。

「これ、前におれが選んでやったスーツだよな？」

「はいっ、おかしくなければいいんですけど…」

ぼくはスーツの袖を持って軽く両手を拡げてみせた。ぼくがあまりに服装にかまわないので、一緒に外出したとき彼は服をプレゼントしてくれるようになった。

「うん、よく似合ってる、可愛いぞ」

甘い口調で言いながら、指先でぼくの襟元の刺繍をとんと押す。

「あ、ありがとうございます。慎一のタキシードも、決まっててカッコイイですよ」

ぼくは熱くなる頬に困りながら笑顔で答えた。恋人の欲目じゃなく、タキシードを完璧に着こなしている彼は、誰よりも輝いて見えた。

「慎一、あの…」

「うん？　どうしたひかる？」

呟いたぼくの声が不安そうに聞こえたのか、彼は怪訝《けげん》そうな表情で顔を近づけた。

すぐ目の前にある広い胸に、ふいに顔を押し当てたくなる。ぼくはいま彼のぬくもりと鼓動を感じて、安心したいのかもしれない…。

「なんだ、言ってみろ？」

「…ええと」

「ごほんごほん」

横から顔を突っ込んで、じゅん先生がわざとらしく咳払いをする。

「せっかくあたしがカムフラージュしてあげたのに、公衆の面前でふたりでうっとり見つめ合ってちゃダメでしょ～！」

「す、すみません」

周りの視線に気づいて、カ～ッと顔が熱くなる。

一瞬、状況を忘れて彼によけいなことを話すところだった。いまは慎一の成功を祝うパーティの真っ最中で、よけいなことを話すときじゃない。

「ひかるにばっかり見とれてないで、あたしのドレスだって見なさいよ。わざわざ慎一のパーティのために買ったゴルティエなんだから」

そう言って、じゅん先生は色っぽく腰に手を当ててポーズを取った。

「どーお、カッコイイでしょ～。褒めていいわよ」

「あ～、いいんじゃねーの、サイコー」

彼女《あね》の尊大な態度に、慎一《おとうと》がどうでもよさそうに答える。そのいつもの姉弟口調《きょうだい》がおかしくて、ぼくはつい吹き出してしまった。

「慎一、個展成功おめでとうございます、すごくいいスピーチでしたよ」

「そうか」

あらためてそう言ったぼくに、彼は切れ長な目を細めて微笑んでくれる。恋人に向けるその優しい表情に、ふわっと胸が温かくなった。

「あたしも褒めてあげる。ちゃんと一人前に聞こえたわよ〜」

「一人前かよ、ありがとよ」

ふたりとも、もうすっかりいつもの口調になっている。

「じゃ、一人前なことしてくるかな。ひかる、行くぞ」

「はい？」

目の前に掌を向けられて、ぼくは彼の長い指を見つめて目を瞬いた。

「仕事《ビジネス》だ、客には笑顔であいさつ」

「はいっ」

しっかり頷いてから、ぼくは彼の手に〝ぱんっ〟と掌を打ち合わせた。

「いってらっしゃ〜い」

じゅん先生がワイングラスを持ち上げて、笑顔でぼくらを見送ってくれる。

慎一とふたりで歩き出したとき、客達が彼に向かっていっせいに動き出した。

この華やかな会場は、じつはビジネスの場でもある。慎一は今夜の主賓として、ぼくは彼のマネージャーとして、パーティを主催してくれたスポンサーやお客さまに、あいさつをしにいくのだ。

「彼は作家の月充ひかるです。私《わたくし》のパートナーで一緒に仕事をしています」

慎一がスポンサーに礼を述べながら、そつのない口調でぼくを紹介してくれる。

「初めまして、風見のマネージメントをさせていただいている月充です。これからも、どうぞよろしくお願いします」

紹介されるたび、ぼくは笑顔で仕事関係の偉い人達に頭を下げて回った。集まってくる人達があまりに多く、あいさつが分刻《ふんきざ》みで目が回るほど忙しい。

さっき慎一がじゅん先生の手を取ったおかげで、ぼくが紹介されても仕事のパートナーと取ってくれて助かった。

――ホントに、ビジネスのためのパーティなんだなぁ…。

栄誉を讃《たた》えるという他に、画家本人や関係者とつなぎを取るのが目的でもある。

次々に紹介される業界人は有名な美人女優や、魅力的な女性を同伴している。最初は客のパートナーだと思っていたが、どうやら慎一に目を留めてもらうためらしい。そこで彼に気に入られたら、商談がスムーズに運ぶのだ。もちろん女性達も、うまくいけばステイタスのある、いい男と付き合うチャンスなので、思いきり気合を入れて魅力をアピールしていた。

「風見先生、来年うちの出版社で…」

各社の社長や幹部が、あいさつのあと具体的な交渉に入る前に、人波に押されて輪の外側に流されていく。

仕事の交渉をしてくる人には、慎一もぼくも日本のエージェントの連絡先が入った名刺を渡す。ぼくは慎一のマネージメントをしているけど、依頼を請けた仕事のスケジュールや書類の管理などで、税理士やエージェントとの打ち合わせが主《おも》だ。ふだんは作家として自分の仕事をしながら、食事や家事をするくらいの余裕はある。

彼の絵画や版画の取引、出版物などのマネージメントは、日本とニューヨークのエージェントが一括して代行している。彼に絵を依頼したいときはエージェントを通すか、彼が仕事をしたことがある出版社やマスコミ関係のツテで、連絡を取ってもらうしかない。

でも彼の電話番号は、どの出版社も簡単には教えない。よけいな電話が増えてくると、彼は番号を変えてしまうからだ。

それだけフィルターを通していても、けっこう電話がかかってくる。

『絵描きには絵だけ描かせろよ！』

個展準備のとき、あまりに多かった電話にうんざりして、そうこぼしていた。

こんなパーティでもなければ慎一本人が出てくることはない。各業界の人達は少しでも彼と近づきになろうと躍起《やっき》になっているのだ。

「ヒカルさん、こんばんは。いまカザミ先生とお話できますか？」

「今夜はカザミ先生に、ご紹介したい人がたくさんいるのです」

ぼくが慎一と離れてホッと息をついたとき、いきなりニューヨークのエージェントに両側から腕を取られた。個展の会場にも来ていた黒髪と金髪の長身の青年で、今夜はふたりともタキシードだ。

以前にも仕事の打ち合わせで顔を合わせているので、彼らはそのときからずっと、ぼくを『カザミ先生の奥さん』として大事に扱ってくれる。

「いまのカザミ先生は、ごきげんいいでしょうか？」

「私達が呼びますと、怒りますか？」

「いえ、ごきげんいいです。怒らないので大丈夫ですよ」

ぼくが笑顔で答えると、彼らはあからさまにホッとした表情になった。前に慎一を怒らせてびびっているので、まずぼくに彼のきげんを確認してくるのだ。

「ヒカルさんは、とても優しいので私達は嬉しいです」

「大変きれいでヤマトナデシコと思います」

「いえ、男にそういう表現はしませんけど…」

ふたりに熱烈に手を取られ、おかしな日本語に苦笑してしまう。

「カザミ先生もUSAでもモテモテでした」

「はい、みんなハンサムだと褒めていました」

「そうなんですか？」

そんなことを言う彼らもホワイトカラーのエリートで、かなりのハンサムだと思う。

「そうです、女性はみなカザミ先生に惚れました。目がクールで身体《カラダ》がワイルドでセックスアピールを感じると言っていました」

「日本人をあまり褒めない人も、セクシーな男性だと褒めましたので、これは真実ですっ」

「ありがとうございます」

口々に拳を固めてオーバーに褒めてくれる彼らに、慎一に代わってお礼を言っておく。じっさい彼の体格や容姿なら海外でも引けを取らないので、世界中の女性にモテるだろう。

「ヒカルさんの変なネクタイは私が直します」

金髪の青年がそう言って、曲がっていたぼくのネクタイを直してくれる。

「どうも、ありがとう」

「いいえ、私はネクタイを直すのが光栄なのです」

妙な日本語で大げさに両手を拡げた彼に、つい吹き出してしまった。でも、ぼくにまで気を遣ってエージェントって大変だなあと思う。

「笑顔がキュートなヒカルさんは、私にモテモテです」

「ヒカルさんに笑われて、私は現在《げんざい》幸せな気持ちです」

「あのそれ、ちょっと言葉の使い方が変ですよ〜」

いったい誰に教えてもらったんだろうと、おかしくて肩を揺すってしまう。

ぼくが笑いながら簡単に文法を解説すると、彼らは「OH〜」と大げさに肩をすくめた。

「教えてくれて、どうもありがとうございます」

両側でぼくの手を持ち上げると、感激して握手してきた。

「大変タメになります」

「私達は今夜、ヒカルさんで賢《かしこ》くなりました」

「え〜と」

いちいち言葉を訂正するのも悪いので、まあいいか…と思う。彼らの喋りは愛嬌があって、ぼくはけっこう好きだったりするのだ。

そのとき、なにげなく顔を上げたふたりの表情が硬直し、ぼくは不思議に思って彼らの視線を追った。

「…あの…カザミ先生は、本当に怒っていませんか…？」

エージェントふたりが青ざめ、爆発物に触れていたように、そろそろと握っていたぼくの手を離す。

「とても恐い顔に見えますが、じつは彼はごきげんなのですか？」

「ええと…」

客の頭上からムッとして彼らを見据えている慎一は、ちょっと…いやけっこう不機嫌なのかもしれなかった。

「…あの、もしかして怒ってるんですか？」

フラワースタンドの陰で、ぼくはおそるおそる尋ねてみた。

さっきズンズンやって来た慎一に恐れをなして、エージェントは『またあとで来ます』と言い残して逃げてしまった。ぼくは彼に肩を抱かれて会場の隅まで連れて来られたのだ。

ちょうど照明が暗くなって、客の目がスクリーンに向けられていて助かった。

ステージでは彼がキャラクターデザインをした格闘ゲーム、『YAIBA』のデモ画面が映し出されている。さっきまでの重厚な雰囲気から打って変わって、アップテンポのサウンドと迫力のアクションシーンに圧倒され、会場から興奮の歓声があがっていた。

「いいか、あいつらにベタベタ触らせるんじゃない」

「ベタベタって、握手されただけですけど…。それにエージェントさん達、慎一のこと褒めてたんですよ。ニューヨークのパーティで、すっごく女性にモテたって…」

「社交辞令で笑ってただけだ」

「いえ、わかってますけど…、もうっ、さっきから、なに怒ってるんですか？」

なんだかムッとしている慎一に首をかしげる。

「主賓なんだから、不機嫌な顔してちゃだめですよ」

ぼくが背伸びして彼の頭をぽんぽん撫でると、ムッとしていた唇がぷっと吹き出す。

「ああ…わかった。だからおまえも、うかつに他の男に気を許すなよ」

彼はぼくの顎を摑むと、わざと怒った表情《かお》で念押しする。

「いいな、ひかる」

「はい…」

耳元で甘く囁く声に、鼓動が速くなる。腰を引き寄せられて、そっと唇が触れたとき、ぼくは自分から目を閉じて爪先立っていた。

うっとりするキスのあと、ぼくは彼の広い胸に頰を押しつけて安堵の吐息を漏らした。

「いつも、おれだけを見ていろ」

「…はい」

そんな傲慢な命令口調にも、じわっと頰が熱くなる。

そのとき彼の背後のスクリーンに、ちょうどゲームの主人公がアップで映った。切れ長な目を細めて日本刀を構える野性的な青年。その男っぽいシャープな顎のラインや精悍な顔立ちが、絵を描いた慎一に本当に似ていて感嘆の息が漏れる。

「やっぱり、将真ってカッコイイなぁ」

「…おまえ、な〜…っ」

つい彼そっくりの主人公に見とれてしまって、慎一に思いきり低い声を出されてしまった。


「お疲れ〜」

ぼくが先にテーブルに戻ったとき、じゅん先生もひらひら手を振って帰ってきた。

「ひかる、ちゃんと奥さん《パートナー》だって紹介してもらった？」

「ええと、はいっ」

ちょっと赤面して答えたぼくに、彼女は〝よしよし〟と満足そうに頷く。

もちろん仕事関係者でなく、彼のごく一部の親しい友人にだけだ。

『いま、こいつと暮らしている』

彼はぼくの肩を抱いてそう言った。

『生涯をともにする、おれの伴侶《パートナー》だ』

中にはあからさまに眉をひそめる人もいたけど、彼は誇らしく顔を上げて胸を張っていた。

その真摯な態度に、最後はみんな「がんばれよ」と心から祝福してくれた。

そのとき、本当に幸せそうな表情でぼくを見つめた彼に、喉が詰まってしまった。胸の奥が熱くて…嬉しくて、目が潤んで困ってしまったのだ…。

「まあ、面倒くさがりの慎一が友達と認めてる人なら安心よ。男同士だってわかってても差別するようなタイプはいないから」

「すごく、いい人達ですよね」

「うんそう、素《す》の慎一を知ってて、変わらずに付き合っていける友達ってけっこう貴重なのよ。有名になったいまじゃ、みんな画家ってステイタスに近づきたくて押しかけてくるもの」

「慎一も大変だなぁ」

「まあ、有名税ってやつよね。あたしなんて今夜は『慎一の恋人』でしょう。もうどこに行っても、みんなチヤホヤしてくれたわよ～」

彼女は他のテーブルでいい男に囲まれて、けっこう楽しく飲んでいたらしい。

「じゅん先生の好きなタイプの人はいましたか？」

ぼくは笑って尋ねた。ぱっと見ただけでも、彼女の周りには、ぼくでさえ知った顔のモデルや俳優が集まっていたのだ。

「う～ん、みんなまあまあじゃない。可もなく不可もなくって感じ」

「えっ、有名人いっぱいいますよ。かなりレベル高くないですか？」

びっくりしているぼくに、彼女は周りを見回して、うふっと笑う。

「だって顔がいいっていうなら、あたし慎一《アレ》見慣れてるからねー」

彼女の指さす向こうのテーブルで、慎一が出版社の人達とタバコを吸いながら歓談していた。いい表情で笑っている彼を、地位の高いおじさん達が上気した頬で見つめていて、ちょっと複雑な気分になる。

社交辞令の笑顔だが、自分の魅力をよく知っている彼は、その気で目線を向ければ男女関係なく相手を落とせてしまう人なのだ。

「慎一と比べるのは問題なんじゃあ…」

いくら身近で見慣れていても、彼は容姿だけでなく才能もオーラも一般人と違うのだ。

でも、そういう意味でいえば、慎一に命令できてしまう彼女も、かなり特別なオーラの持ち主かもしれない…。

「そういえば、じゅん先生はどんな人がタイプなんですか？」

つねづね疑問に思っていたことを聞いてみる。

「ん〜そうねぇ、付き合ってるのは顔がいいのが多いけど、恋人にするなら地味で寡黙な男がいいかな」

「それって、慎一やじゅん先生と正反対のタイプですよね？」

「うんそんなもんよ。だから慎一だって、ひかるを選んだでしょ。性格とかタイプが違うから一緒にいておもしろいのよ」

「おもしろいのかなぁ…」

首をかしげると、彼女はワインレッドの爪でぼくの頬をつんと押した。

「そう、とくにひかるは反応が新鮮だもの」

顔を寄せたじゅん先生に目くばせされて、艶っぽさに動揺してしまう。

「慎一がいなかったら、あたしが調教してあげたのにね～」

「コワイから、遠慮しときます…」

このお姉さんも慎一と同じで、自分の魅力を知った上で流し目やウインクができる人なのだ。

「じゅん、ひかるをいじめるなよ」

いきなり後ろからぼくの首に腕が回ってきた。

「あ、慎一、お疲れさまです」

「ああ、名刺もなくなったし、やっと一通り義務は果たしてきたよ」

振り返って目が合うと、ふっと目を細めて笑ってくれる。

「おまえも疲れただろ？　最上階に部屋を取ってあるから、そろそろ引き上げるか？」

彼がにっこり笑って上を指さす。

「なに言ってんのよ、主賓が抜けたらマズイでしょ～」

「ぼ、ぼくは大丈夫ですから」

慎一が戻ってきたとたん、周りの視線が一気に集中して焦ってしまう。腕を外してほしいと思いながら、ぼくは笑顔のまま両手で彼の腕を摑んでいた。

「どうせ部屋に引き上げたら、もっとひかるが疲れることするんでしょ」

「うるせーよ。おれは、こいつになんでもしていいんだっ」

「し、慎一…声抑えてくださいね…」

周りを気にしながら、ぼくは彼の袖を引っぱった。

「ほほ〜、今夜はスペシャルスイートかぁ。いいわね、ひかる〜。あとでどんなにハードなSMプレイだったか、お姉さんに教えてね〜♡」

「…SMって…じ、じゅん先生ぇ〜…」

「まだハードプレイなんて、ぜんぜんしてねーよ。おれ、こいつを縛っても痛いことしないし、じっくり焦らして可愛がってるだけだぜ」

「……ぇ……？」

——…あれがハードじゃないなら…ハードプレイっていったいなに………っ？？？

「あれでハードだと思ってたか？」

ぼくを見下ろしてにっこり笑った慎一に、急に心臓がバクバクしてくる。

「まっ、これからゆっくり教えてやるからな」

「ふふっ、少しずつ慣らすって楽しいわよね〜」

「…あのぅ…内容がコワイんですけど…」

声をひそめてこんな会話をしているふたりは、和やかな表情でにこにこしていて、ぼくだけ勝手に焦っているように見えるかも……。

「このあと二次会で潰されなかったら、いくらでもやったらいいわよ。ほら慎一、向こうで偉い人達がラブコールしてるわよ」

タキシードのおじさん達が遠巻きにもじもじしていて、慎一が疲れた笑いを漏らす。

「しょーがねーな〜、行ってくるか」

彼はしぶしぶといった表情で頭の後ろを掻いた。

「さあ、お仕事お仕事〜っ、ほらひかる、激励よっ」

「…え〜と…今夜も激しくお願いします…」

「ああ、任せろ」

言ったとたん慎一が楽しそうに吹き出し、きげんよくネクタイを直しながら出かけていく。

「あはは〜効く効く〜」

「じゅん先生、やっぱりこの激励の言葉って恥ずかしいんですけど…」

彼女が考えた『がんばって』に代わる言葉だが、もっとふつうにしてほしい。

「まだ緩いわよ、そうね、最初に『ご主人様』って付けましょ。もっと張り切るから」

「…そんなぁ」

たしかにウケてるけど、慎一の場合、あとで絶対に言葉通りのことを要求しそうだ……。

◇◆◇

パーティが終わったあと、ぼくは慎一とじゅん先生と一緒に、ホテルのエレベーターでそのまま上に移動した。仲間内だけの二次会は最上階近くのカクテルラウンジで、店の奥まった一画を借り切っているのだ。

三人でエレベーターを下りたとき、ショルダーバッグを肩に掛けたスーツの男性が、緊張した面持ちで立っていた。

「え…福山《ふくやま》さん？」

「ひかるくん、こんばんは…。え〜と風見、おめでとう」

ぼくに頷くと、両手で包むようにカメラを持って申し訳なさそうに頭を下げる。

彼は慎一のデザイナー時代の友人で、カメラマンの福山征司《せいじ》さんだ。ファッション誌やアイドルの写真集などで活躍中のベテランで、前にぼくと慎一のプライベート写真を撮ってもらったことがある。

でも、その中の一枚を、福山さんは無断でデジタルカメラのCMポスターに使ってしまったのだ。おかげで一時期ポスターが街中に溢れてしまい、ぼくらはひと月近く、都会を離れて葉山の別荘に滞在するハメになった。

「個展、三回くらい見に行ったんだ、感動した…素晴らしかったよ」

「…カメラを持って、何しに来たんだ」

「慎一、待ってっ」

彼の声がぐっと低くなって、ぼくはあわてて止めに入った。写真を無断でポスターに使ったことを、慎一はまだ怒っているのだ。

「まあまあ慎一、福山ちゃんは、あたしが呼んだのよ。ポスターの件ではマジ泣きで電話してきたしね。深く反省してるから、一回謝らせてあげなさいな」

緊張した空気をかくはんするように、じゅん先生が笑って手を振る。

「ひかるくん、風見、ポスターの件は本当にすまなかった」

彼と目を合わさず、福山さんがぼくに頭を下げた。

「これ、おれの一番大事なカメラなんだ。ひかるくんへお詫びのしるしに…」

「そんな…福山さん受け取れませんよ」

大切そうに押しつけられたカメラに、ぼくは大きく首を振った。使い込まれたカメラはずっしりと重く、きれいに磨かれて黒光りしていた。たぶんカメラマンの彼が一番手放したくないものを持ってきたのだ。

「こんな立派なもの、ぼくには使いこなせないし…慎一、もう許してあげてください」

「あのなあ、ひかる。おまえは優しすぎるぞ。こいつは…」

「もう、いいじゃない。福山ちゃんほど、ひかるをきれいに撮れるカメラマンいないわよ」

「……」

そう言って笑ったじゅん先生に、慎一が一瞬絶句する。

「ひかるくんのショット任せてくれたら、オレ、最高の写真撮るよ！」

「うんうん、福山ちゃんの撮った〝ひかる〟って、ホント可愛かったもんね～。慎一だって、それは認めるでしょう」

なんか…謝るって話とずれてる気がする……。

「今日は、いままでのフォトをCDに焼いてきたんだ。もちろん、いい写真は背景入れて伸ばしてある」

そう言いながら、福山さんは肩に掛けていたバッグを叩く。

「これからも、たまに風見の『可愛い奥さん』撮らせてほしいんだ。頼む、この通り！」

ぱんっと両手を合わせて頭を下げた福山さんに、それまでムッとしていた慎一が軽く吹き出した。

「…二度と外に流さないと約束するか」

『可愛い奥さん』のあたりで恐い顔が崩れてしまい、悔しそうに笑っている。

「誓う、もう絶対に許可なく使ったりしない」

殊勝《しゅしょう》に手を上げて宣誓《せんせい》する福山さんに、彼は苦笑して前髪をかき上げた。

「しょーがねーな〜、許してやるか」

そう言って、ぼくが持っていたカメラを取ると福山さんに差し出す。

「その代わり、ひかるのいい顔《こいっ》撮れよ」

「ああっ、任せろ！」

カメラを受け取った福山さんの表情が、パ〜ッと明るくなった。

「うふふっ、やったじゃない福山ちゃ〜ん、あたしの言った通りになったでしょ。お礼に、あたしを美人に撮りなさいね！」

「うん俺、今夜の二次会でもカメラマンやらせてもらうよ」

意気込んでそう言うと、福山さんはスーツのポケットを軽くはたいた。厚みのあるポケットにはフィルムをごっそり持っているらしい。

「まあ、ひかるの写真は何枚あってもいいしな」

「はぁ…」

たしかに福山さんと仲直りできてよかったけど、なんだか、じゅん先生に丸め込まれた気もする……。

「行こうか、奥さん」

ぼくの肩を抱いて甘く目を細める慎一に、どうにも複雑な気分で首をかしげてしまった。

「おーっす風見〜、パーティに招待してくれてサンキュー」

「ひかるくん、久しぶり〜」

「みなさん、こんばんはー」

ラウンジの奥に通されたとき、知っている顔ぶれが並んでいて嬉しくなった。

二次会は十人くらいで、とくに親しいマンガ家の先生夫婦やアシスタント仲間達だ。みんな立ち上がって握手したり、懐かしそうに肩を抱き合っている。パーティのとき、慎一は戻って来るたび誰かに連れて行かれてしまい、友人とはほとんど会話できなかったのだ。

「風見〜、すごいえらいぞー」

にこにこしながら彼の肩を叩いたのは、ベテランマンガ家の高岡良紀《たかおかよしき》さんだ。

慎一が高校生の頃、アシスタントに行っていた先生で、小柄だががっしりした体格で、口の周りにヒゲをたくわえている。温厚そうな小さな目をしていて、スーツを着たクマのぬいぐるみのようで愛嬌がある人だ。

「おやじ〜、久しぶりだなあっ」

「おいっ、おやじって言うなよ、俺まだ三十七歳なんだよ～。かわいいアシスタントが大出世したんだ。仕事を放って顔を見に来てやったんだぞ」

胸を張っているのに、高岡さんは上から慎一に頭を撫でられてしまっている。

「今日は立派になった弟子に、いい酒飲ましてもらうよ」

「ああ、おやじの好きな酒いくらでも飲んでくれよ」

慎一が高岡さんの頭を笑いながらぽんぽんしていて、横で見ているぼくの方がドキドキしてしまう。でも高岡さん、高校生だった慎一と十歳くらい離れていたとはいえ、二十代後半から〝おやじ〟と呼ばれていて、ちょっと気の毒だ。

「あら邦子さ～ん」

「きゃ～っ、じゅんちゃん、お久しぶりー」

向こうではじゅん先生が、高岡さんの奥さんと手を取り合って盛り上がっている。なんだか同窓会のような和やかさで、福山さんもみんなと名刺交換をしたあと、楽しそうに雑談しながら写真を撮っていた。

「ひかるく～ん」

「ま、真柴《ましば》さん、こんばんは」

いきなり正面から抱きついてきたのは、マンガ家の真柴恭介《きょうすけ》さんだ。慎一よりひとつ年上で、少年誌で連載中の作品がアニメ化されたりしている、かなりの売れっ子。

「相変わらず可愛いな〜、また修羅場のときごはん作りに来てね〜」

「はい、ぼくでよければっ」

甘えてくる真柴さんの背中を、ぽんぽんはたく。

前にぼくと慎一は、真柴さんの修羅場を手伝いに行ったことがある。そのとき、ぼくが食事を担当して、慎一が背景とモブシーンを描いたのだ。年に何回も会わないのだが、高校生のころ一緒にアシスタントをしていた彼らの会話は気安くて遠慮がない。

「ひかる、そいつは図に乗るから甘やかすなっ。こら真柴、抱きつくな！」

「あ〜っ、ひかるく〜ん風見がいじめるーっ」

外見はがっしりした男っぽい人だけど、慎一が拳を固めて見せると、笑いながらぼくの後ろに隠れたりする。

「まあまあ、慎一」

ぼくは苦笑しながら両手を上げた。そんなふうに怒っても、慎一だって本気じゃないんだけど…。

「そーだぞ、風見のどけち」

「…まあまあ、真柴さんも」

ぼくの背中から抗議している真柴さんは、うっかり発言が多い人だ。

「一回くらい、ひかるくんにちゅ〜させろ！」

「なんだとう…」

調子に乗って拳を振り上げ、慎一に低音で脅されている。

真柴さん…、じつはなかなか懲りない人で、そのうえ恐いもの知らずなのだ…。


光度を抑えた黄色っぽい間接照明。静かなBGMはアダルトなムードで、いまピアノとトランペットのジャズが流れている。

格子の衝立と観葉植物で他のテーブルと仕切られていて、かなり空間に余裕がある。正面と左側は全面ガラスで、地上の夜景が一望できた。

細長い楕円テーブルのボックス席にそれぞれ腰を下ろす。ぼくはテーブルの中央に慎一と座らされていた。みんな声が届く距離なので、話をするにはちょうどいい感じだった。

乾杯をしたあと、雑談とお酒で盛り上がる。

いまここにいるのは、慎一が大切な友人と認めた人達だ。年に何回も会わないけど、彼がむかしから親しく付き合っていた人達で、みんなぼくらの関係を知っている。

以前、恋人として紹介されたとき、彼らは前もって知っていたらしく、ぼくが男だとか作家だとかより、『大学生っ!? 若いなあ〜』と驚かれて、こっちがびっくりした。

慎一の相手は、じゅん先生のようなゴージャスな年上の女性というイメージだったらしい。

大人の駆け引きができる艶っぽい美女を想像していた彼らは、慎一が高校生にも見える童顔のぼくを連れてきたのが、思いきり意外だったらしい。

『よかったな風見』

高岡さん達が笑顔でそう言ってくれたとき、恋人として認めてもらえて本当に嬉しかった。

テーブルでは、慎一がアシスタントをやっていた頃の話で盛り上がり、ぼくはウーロン茶を飲みながら興味津々で聞いていた。

「オレなんて、三日に一回くらいふとんで寝られるときが一番幸せだったな〜」

「そういや、たいがいイスでうたた寝だったっけなぁ」

真柴さんと慎一が懐かしそうに会話する。ふとんに入ると『寝てしまう』ので、連日イスで仮眠を取っていたらしい。

「あの頃って、おやじ週刊連載で、毎日フル回転だったんだよね」

「うん、連日カンヅメで、みんな髪も髭も伸び放題でさ、女っけもないから殺伐としてたね〜」

高岡さんも楽しそうに頷いている。

「あらっ、あたしが、遊びに行ってあげたじゃない」

「いいな〜、じゅん先生も見に行ったんだ」

「うん、慎一が休みのたびに出かけるから、東京に遊びに行くついでに行ったのよ。みんないいつも〝無人島に流れ着いて数年経ちました〟って風貌だったわよ」

うらやましそうに言ったぼくに、じゅん先生が笑って人さし指を立てる。

「俺なんて、じゅんちゃんが初めて来たときのセリフ忘れられない」

「ああ、おれも覚えてる」

高岡さんの言葉に慎一が頷き、周りのマンガ家が「俺も」「オレも〜」とみんな笑って手を上げた。

「え〜、なによ、あたし覚えてないわよ」

「風見と一緒に『こんにちは〜』って入って来てさ」

「うん？　ふつうじゃない」

「『うわっ、ここくっさーい』ってのが第一声」

「んま〜、なんて失礼な女なのかしらっ」

「おまえだ、おまえっ！」

「あたしか〜」

慎一に指を突きつけられて、じゅん先生がうふっと可愛く肩をすくめる。

「もうっ、じゅん先生らしいなぁ」

「だろ〜、じゅんちゃん、その頃から容赦《ようしゃ》なかったもんな〜」

爆笑しているみんなと一緒に、ぼくもこらえきれなくて笑ってしまった。

彼らが楽しそうに語る修羅場のエピソードの数々は、じっさいかなり凄まじい。でも、そんなに苦しかった思い出も、いまはぜんぶ笑い話として語られていた。

「あの頃の俺らって、夢中で仕事したよなぁ」

「今も似たようなことしてるけど、すげぇ懐かしく感じるよな」

「ホントね～、いつの間にかみんな立派になっちゃって、不思議な気がするわぁ」

マンガ家をしている邦子さんも、頬杖を付いて彼らを眺めながら、まぶしそうな笑みを浮かべていた。

「初めて風見くんに会ってから、もう十年くらい経ったのよねぇ」

いつもは明るい彼女も、少しじみじみとした口調で呟く。

「ホントだよなぁ、高校生のときアシスタントに来てた小僧が、十年で一流の画家になっちゃうんだもんな～」

高岡さんと邦子さんが、感慨深く顔を見合わせる。

「ちくしょう、おまえら、どんどん俺を追い越してけよ。悔しいけど応援してやる！」

わざと威張って言った高岡さんに、みんなが「お～っ！」と笑って拍手する。

そんなみんなの目が優しくて、高岡さん夫婦が慕われているのがわかる。先生とアシスタントというより、家族のような関係だったのかもしれない。

彼らの前で慎一が素の表情で笑っていて、ぼくはホッとする反面、ちょっと妬けてしまった。

「ひかるく〜ん、こっちおいで〜」

「はいっ」

酔っぱらったみんなに呼ばれて、ぼくは笑顔でお酒を注いで回っていた。

「なあ、ひかるくんてさ、マジでかわいい顔してるよね」

「うん、男にしとくのもったいねーよ。性格も素直で、オレかなり好きなタイプかも…」

「そーそー、俺ら仕事で神経すり減ってるからな。きみって一緒にいて和《なご》むっていうか、安心するっていうか〜…。あれれ…そう思うのって、もしかして酔ってるせいかな？」

「酔ってるからですよ」

赤い顔で自分を指さす若いマンガ家に、ぼくは笑って言った。けっこう飲んでいる彼らは、すでにろれつが回っていないのだ。

「おい、ひかる。おまえが、そんなことしなくてもいいんだぞ」

「いえ、動いてる方が気楽ですから」

不満そうな慎一には、そう言っておく。

アルコールが苦手なぼくは、さっきまで勧められた酒をコーラで割ってごまかしながら飲んでいた。座っていると、お祝いだと絡まれて、どんどん飲まされてしまうのだ。

もう、みんなごきげんに酔っていて、慎一の周りに集まって福山さんに写真を撮ってもらったりしている。

呼ばれるたび雑談に混じってお酒を注ぎながら、ぼくはさっき聞いた慎一とじゅん先生の会話を思い返していた。

「な〜んだ、じゃ慎一が個展を開いたのって、ひかるのご両親に認めてもらうためなんだ」

「まあ、それもある」

ぼくを挟んで座りながら、ふたりは少し声のトーンを落として喋っていた。

「やっぱり一般の人に認識してもらうなら、大きな個展を開くのが一番かもね。カミングアウトするとき、銀座で個展を開いた画家ならステイタスがあるし、怪しくないもの」

「ええ？　だって個展を開く前から慎一、ものすごく有名だったじゃないですか？　そんな…それだけのために…」

「いや、もちろん、それだけじゃない。時期的にも、そろそろいい頃だとは思ってたんだぜ」

申し訳ない気分で見上げると、彼はなだめるようにぼくの肩をはたいてくれた。

「おまえの両親に認めてもらう方が、おれにとっては個展やパーティより、もっと緊張するけどな」

「慎一…」

まじめな面持ちで言った彼に、ぼくは驚いて目を瞬いた。

ふたりで両親に話しに行こうと彼が言ってくれたとき、ぼくはけして慎一が軽々しく考えているとは思わなかった。

ぼくだって、父や母にすぐにわかってもらえなくても、いつかふたりの関係を認めてもらえたらいいと思っていた。もしだめでも、ぼくは慎一と一緒にいるから大丈夫だと……。

彼はいつも気持ちがいいくらい傲慢な『おれ様』で、自信に満ちあふれている。ぼくの両親に会ったときも、魅力的な笑顔と口調でそつなく対応してくれた。男前で温厚な好青年だと両親や親戚一同が惚れ込んでしまったくらいだ。

でも、『緊張する』という言葉が彼の口から出たとき、胸を突かれたようにハッとした。

考えると当たり前だが、ぼくにとっては長年暮らした両親でも、彼にとってはたった一度会っただけの他人なのだ。素晴らしい友人として信用され歓待されたぶん、本当のことを話してどんな結果になるか…緊張しないわけがない。

『おまえの両親に認めてもらえたとき、本当の意味でおまえを手に入れられる気がするよ』

実家から帰ったあと、彼は少し寂しそうにそう呟いた。

慎一の両親は彼が五歳のときに離婚して、父親とふたりで過ごしていた。彼の中で父親は『仕事であまり家にいなかった人』で、実の母と父親の違う姉ふたりは、『たまにきれいな服を着て、うちに来た人』という印象しか持っていなかった。

ひとりで家にいる小さな子どもを見かねて、じゅん先生の両親が、彼を小学校卒業まで預かっていたのだ。

『最初からバラけてるから、家族に期待なんかしてねーよ』

そんな家庭の事情にひどく驚いたぼくに、彼は逆に不思議そうな表情で言った。

『自分の力で生きてこうって決めてたし、最初からひとりだから気楽だったぞ』

そう言って笑った彼は、けして最初から達観していたわけじゃないと思う。

親の愛情をまったく求めない子どもなんていない。待っていてもずっと愛情をもらえなかったから、小さかった彼はあきらめて、いつしか期待するのをやめたのだ。

じゅん先生と姉弟のように育ったにしても、両親の愛情がまったく不在のままで、寂しくなかったわけがない……。

自分で気づかずに、慎一は『ふつうの家族』というものに強烈に憧れているのだと思う。

『……おれ、おまえの家族から、おまえを奪っていくんだよな……』

実家からの帰り、健也《けんや》に殴られて罵られたあと、彼はぽつんと呟いた。

『おまえも家族を失《な》くすかもしれない。おれがしてるの……、そういうことなんだな』

ぼくを連れて帰る車の中で、彼は初めて気づいたように言った。

うちは、どこにでもある本当に平凡な家庭だ。家族が団らんするありふれた風景を、彼は目を細めてうらやましそうに眺めていた。

彼は真摯で誠実で……、ぼくのことも、ぼくの家族のことも、とても大切に考えてくれている。

だから家族から奪うのじゃなく、自分と一緒に生きていくことを両親に許してもらいたいのだ。

「ひかる」

名前を呼ばれて顔を上げたとき、彼は優しい笑みを浮かべて掌をぼくに差し出した。いつもの〝おいで〟という仕草と表情に、ぼくは無意識に手を伸ばしていた。

「なんだ、〝お手〟してくれるのか？」

彼の手を取った瞬間、周りからどっと笑いと拍手が起こった。

「あ…、えっ？」

――…しまった、つい考え込んでぼんやりしてた…！

「おれのプライベート用の名刺を出してくれ」

「はいっ、すみません」

もう一度手を出されて、ぼくはあわてて自分のバッグから彼の名刺ケースを取りだした。

「いや〜、ひかるくんホント可愛いな〜」

「だろ？　こいつ動きが小動物みたいでおもしろいんだ」

ごめんなさいと両手で差し出したぼくを指さして、真柴さんと慎一が笑う。

「立ってると、おれの顎の辺りにひかるの頭があるんだよ。目の前でつむじが動いてると、つい本能的に捕獲したくなるんだよな」

「お〜、その気持ちわかるな〜。たまにぼんやりしてると、ちょっと保護欲疼くしな」

ふたりとも勝手なことを言ってるし……。

「そうなの、ひかるって小説のネタとか考えてると、集中しすぎて周りが見えなくなっちゃうのよ。そんなときって隙だらけなのよね〜」

「そうでないときも、こいつは隙だらけだ。だから男にナンパされるんだぜ」

「そんなぁ…」

肩に回した手で慎一に頬をぴたぴたはたかれ、恥ずかしくて顔が熱くなる。

「俺、ひかるくんのそーゆー泣きそうな顔も好き」

「いいだろ〜？　オレ狙ってんだー。男でいいからマジ嫁にほし〜」

「やらねーよ、こら、おまえらっ、ひかるに抱きつくなっ！」

すっかり酔っぱらいの彼らを、慎一がぶりぶりしながら引き剝がす。

「オレだって愛が欲しいんだ！　優しい恋人が欲しいんだよう〜！」

「バカヤローッ、おれのモノじゃなく、他をあたれっ！」

「慎一、みんな酔ってるから、いじめちゃだめですよ」

「よ〜し、じゃあ、おまえらにはじゅんをやる、持ってけ！」

「それ、いじめだよ風見〜っ！」

慎一が言ったとたん、みんなの声がハモって、じゅん先生がふっと怪しい笑みを浮かべた。

「なんでひかるがよくって、美人で独身のあたしだといじめなわけ？　ぶつわよ～」

笑いながら立ち上がったじゅん先生が、みんなの頭に痛そうなげんこつを落としている。

「やっぱ、ひかるくんがいいよぅ…」

「てゆーか、じゅんちゃんだけは、いやだよぅ」

「うるさいわね、あらっ、そろそろここ終わりだわ」

頭を押さえている連中を無視して、じゅん先生が腕時計を眺める。

「福山ちゃん、三次会のお店に移動しましょ」

「わかった、店に電話入れるよ」

――まだ飲むんだ………。

みんなが拳を振り上げて盛り上がっている中、ちょっと疲れた笑いが漏れた。

でも、久しぶりに顔を合わせた彼らは本当に楽しそうで、まあいいかと思う。

「あっ、そういえば、ひかる、パーティのとき、あたしに何か言いかけてたわよね。話があったんじゃないの？　聞いてあげるわよ」

急に思い出したように言った彼女に、ぼくは笑って首を振った。

「また今度でいいんです…明日とか時間ありますか？」

「ごめ～ん、あたし明日の昼に飛行機乗るのよ」

「明日、発つんですか？　海外？」

彼女は年に一、二回、アシスタントの女の子達と海外旅行に出かけている。

「うん、今回はひとりで行くの。バカンスというより、次作の取材旅行ね」

「そうですか…、じゃあ帰ってきてから連絡します。気をつけて行ってきてくださいね」

気落ちしたそぶりを見せないように、ぼくは努めて明るく言った。

「あらっ、カラダの悩みだったら、お姉さんいますぐ聞いてあげるわよ」

「ひかる、悩みがあるなら、おれに相談しろ」

左右からふたりに顔を寄せられ、ライオンに挟まれたような圧迫感にドキドキしてくる。

「カラダで悩んでるなら、おれがカラダで応えてやるぞ」

「いえ、頭で悩んでるんです」

「なになにっ？ 風見が絶倫で悩んでるって？」

「気の毒に、ひかるくん腰細いもんなぁ」

酔った真柴さんと高岡さんが、笑いながら割り込んでくる。

「風見がしつこくて身体がつらいって悩みだろ？」

「いえ…」

「いや、もしかしたら風見がすんげえ下手くそで、満足できないって悩みかもよ」

「カラダが疼いて困ってるなら、オレが…」

「もうっ、みんな〝身体〟から離れてくださいよ〜〜〜っ！」

周りを囲んだ酔っぱらいにべたべた触られて、ぼくは真っ赤になって大声をあげていた。

「ひかる、朝から動き回って疲れてるだろ？　おまえは先に部屋に帰ってろ」

ホテルのロビーに下りたとき、慎一がぼくに耳打ちした。

「こいつらに付き合ったら、いつまで飲んでるかわかんねーからな」

「でも、せっかくだから付き合いますよ」

「だめだ、これ以上飲まされると絶対に具合が悪くなる。おまえ、いまだって足元ふらついてるんだぞ」

「えっ、そうですか？」

自分では気づかなかった。言われてみれば顔が熱くて、ちょっと頭がふらつく。

「じゅん、こいつ酔ってるから、部屋に送ってから行くよ」

「いえっ、慎一そのまま行ってください。ぼくはエレベーターに乗って上がるだけですから」

「え～っ、ひかるくん帰っちゃうの一？」

先を歩いていた真柴さんが、走って戻ってきた。

「風見、タクシー乗れよ。オレがひかるくんを部屋に送ってくからさ」

「おまえは、さっさと行けっ」

「慎一だって、行かなくちゃだめですよ」

今夜集まっているのは、慎一が本当に気を許した仲間達だ。彼の話題を中心にみんな話が弾んでいて、こんなに和やかな雰囲気を自分のために壊したくない。

「部屋でのんびり待ってますから、ぞんぶんに飲まされてきてください ね。つぶれて帰ってきたら、今度はぼくが介抱してあげますよ」

思いきり不服そうな慎一をなだめていると、酔った友人達が戻ってきた。

「こら風見っ、おまえは俺達と来るんだよ」

「二度と勃たねーくらいに酔い潰してやる！」

両脇からがっしと彼の腕を掴むと、彼らはぼくに手を振って、笑いながら慎一を連行していった。

◇◆◇

三次会に移動するみんなと別れて、ぼくは最上階のスイートルームにやってきた。

部屋に入ったとき、自動ロックのカシンという金属音がやけに大きく聞こえる。

ドアを閉じたとたん、急に外界からの音が消えたような錯覚に陥った。

「大丈夫だ…」

ひとり言を呟くと、ぼくはドアに背をもたれて、ゆっくりと深呼吸する。

さっきまで、にぎやかな場所にいたからだ。ぼくらのことを祝福してくれる彼らといると、安心できて居心地がよかった。

でも、ひとりになったとたん、突然、胸を突き上げるような不安が襲ってくる。

「…大丈夫」

胸を押さえて唾を呑み込むと、ぼくは顔を上げて夜景の見える窓際に歩いていった。

深夜、一時過ぎ…。

それでも、見下ろす夜の街は、色とりどりの光をまとって宝石のように輝いている。ビルを縫って走る車のライトは、どこまでも流れていく光の河のように見えた。

少し欠けた楕円の月が、華やかな地上を見下ろすように浮かんでいる。

ゆうべはイブ、今日はクリスマスだ。

べつに、甘いイベントなんて求めない。けど…、去年は大学の後輩、松村《まつむら》にマンションに拉致されかけて慎一に追い出された。その誤解が解けたとき、本当の恋人になれて嬉しかったけど……。

ぼくにとってクリスマスは、いいことも悪いことも、ごっちゃになってやって来る気がする。

もう慎一は、ぼくの恋人だ。なにも嫌なことは起こってほしくない。誰にも邪魔してほしくない。……。

「…戻ってきたら、伝えなきゃ……」

昼から漏れた不安な呟きに、少し窓が曇った。

きのうあった出来事を、彼が戻ってきたらちゃんと話さないといけない。

個展の終了間際、青いドレスで盛装した女性が、慎一に会いに来たことを……。

『慎一はここにいるかしら、私、本当に久しぶりに彼に会いにきたの』

彼女が〝慎一〟と呼んだとき、その秘密を共有するような声の艶に、ぼくは頭から血の気が失せた。

『おれが初めてふられた相手だ。いい女だったよ』

前に慎一が教えてくれた初恋の女性だ。

彼のむかしのキャンバスに描かれていたのを見たとき、予感めいた不安に胸がざわついた。

夕焼けの中で、ほっそりとした少女が素足で波打ち際を歩いている絵だ。夕日を背にした彼女の輪郭は金色に縁取られ、逆光になった彼女の顔立ちははっきりとはわからない。

長いスカートが濡れるのを気にして裾を持ち上げ、少し恥じらうような、清純な微笑みを浮かべていた。華奢な肩…細い手首…、妖精のような柔らかいシルエットライン。

高校一年の夏に、十六歳だった慎一が出会った年上の美しい女性。

だけど…その人は、夏の終わりに突然彼の前から姿を消した。

何も告げずに、別れの言葉すら残さずに、彼女は立ち去ったのだ……。


——…十年も経って、いまさら現れるなんて……。

きのう、ぼくは彼女の前で動揺を押し隠すのに必死だった。

「すみません、風見はもうパーティ会場に出かけてしまったようです…」

VIPルームに慎一がいなかったとき、ぼくは頭を下げながら内心ホッとしていた。

「…いいの、ありがとう。忙しいところをごめんなさい、また改めて伺うわ」

彼女は優しげな笑みを浮かべて、そう答えた。

その後ろ姿を見送って彼女が視界から消えるまで、ぼくは緊張して爪が食い込むほど拳を握っていた。

「ひかるくん、気分が悪いんじゃないですか…？」

いつの間にか壁に持たれていたぼくを、松村が心配そうにのぞき込んでいた。

「なんでもない…」

額を押さえて押し退けかけたとき、松村が首をかしげてエスカレーターの方に視線を振る。

「さっきの…きれいな女性《ひと》ですねえ」

帰っていく彼女を見かけたのか、松村が顎に拳を当てて感心して呟く。

「うちのホテルの落成式で一度見かけたことがあるけど、やっぱり不思議な印象の美女ですよね」

「……松村っ、知ってるの!?」

うつむいていたぼくは、驚いて顔を上げた。

「ええ、僕は一度会った女性の顔は忘れませんから」

両手を開いて、松村が自慢そうににっこり笑う。

「あれ…誰？」

「ひかるくん…？」

「誰なんだっ」

とっさに襟を摑んで詰め寄ったぼくに、松村はぽかんとした顔で目を瞬く。

「…風見先生の知り合いじゃないんですか？」

「ぼくは知らないんだ…彼女のこと、なにも…」

「いえ、僕もとくに詳しく知ってるわけじゃないけど…。ねえ、ひかるくん、大丈夫ですか？」

声に不安が混じってしまって、ぼくの方が松村に心配されてしまった。

ギャラリーのスタッフとは、なんとか笑顔で挨拶を交わして、ぼくはそのまま着替えの入ったバッグを摑んで松村と個展会場のデパートを出た。

「松村…知ってること教えて」

近くの路地で振り返ると、松村はのんきに自販機で缶コーヒーを買っている。

「はい、一口でも飲むと落ち着きますよ」

プルトップを開けて熱いコーヒーを差し出す。

「そんなに彼女のこと、知りたいんですか？」

「…うん」

渡されたコーヒーを両手で摑んで、ぼくは松村を見上げた。

「…あ〜、もうっ…素直だなぁ。僕にそんな表情《かお》見せちゃダメでしょう？」

無意識にすがるように見つめてしまって、松村に苦笑されてしまう。

でも、いまは誰でもいい、彼女の手がかりになることを聞きたかった。

「役に立つかな？　僕が見たの小学生くらいですよ。やっぱり兄に『誰？』って聞いちゃいましたけどね。資産家のお嬢さんですよ。婚約者がいるって言われて、子ども心にがっかりして、それ以上聞かなかったけど」

「じゃ…結婚してる人？」

「ええ、たぶん…。婚約者と披露宴の下見に来たのかもしれないし。でも、それっきりなんで今は知りませんけど…。気になるなら顧客リストを調べましょうか？」

「…いや、そこまでは」

屈んでそう言った松村に、ぼくは少しだけホッとして首を振った。

もし彼女が結婚しているなら、慎一に会いに来た理由は、謝罪なんだろうか……？

「ひかるくん、もし僕が役に立つんなら、いつでも電話してください。迷惑かけたお詫びに、なんでもしますから」

「あ…それは…」

「もちろん無理強いしませんよ。自分のしたことを考えると、信用されないのもしかたないですしね。けど……、何かあれば遠慮なく言ってください。少しでも許してもらえたら、僕の気持ちが軽くなるんです」

ぼくのコートのポケットに名刺を差し入れた松村に、無意識に身体を引いてしまう。

「いや…僕、本当にこれ以上嫌われたらつらいんで、もう絶対に、きみの気持ちを無視して勝手なことしませんから…」

冗談っぽくそう言ってから、彼は前髪をかき上げて寂しそうに微笑んだ。

「じゃ、タクシー拾った方がいいな。もう風見先生のパーティ始まりますよ」

白い息を吐きながら松村が言ったとき、ぼくはやっと祝賀パーティのことを思い出した。

「信じてもらえないかもしれないけど、僕はもう、ひかるくんの悲しむ顔は見たくないんです。僕にとって風見先生は嫌《や》な男だけど、きみには誠実に見えるし、じっさいそうなんでしょう？　だったら彼女が何者でも、風見先生を信じていいんじゃないかなぁ…」

通りでタクシーを探しているとき、松村は黙っているぼくに明るくそう言った。

「じゃ、ひかるくん元気出してくださいね」

「…うん松村…、今日はいろいろごめん…」

タクシーに乗り込むときに背中を叩かれ、ぼくはまじめに頭を下げた。

いつも嫌いだって思っている松村に、彼女のことを聞いたり、あげく〝恋人を信じて〟と励まされてしまうなんて……。

会場のあるホテルに向かうタクシーの中で、ぼくは不安を振り払うようにぶんぶん首を振った。これから慎一のパーティなんだから、不安そうな顔なんて見せちゃいけない。

「よ～し！」

気合を入れて自分で両頬をパンッと叩く。運転手さんにはビクッとされたが、ぼくは大きく深呼吸して、無理やり気分を切り替えたのだ。

ホテル最上階の窓にもたれて、ぼくは青白い月をぼんやりと眺めていた。

慎一を信じていればいい。彼がぼくに対して誠実なのは、わかっている…。でも、ひとりになったとたん、ずっと押さえていた不安に、心が揺らいでしまう。

「大丈夫…」

自分でも気づかずに、唇は何度も同じ言葉を繰り返す。

以前、ぼくが彼女の絵を見つけたときだって、『…残ってたんだなぁ』と懐かしそうに笑っただけだった。気を遣って彼が処分すると言ったとき、ぼくが止めても彼は思い出の絵をあっさり捨ててしまった。

もう慎一にとって、過去はその程度のことかもしれないのだ。

「慎一が戻ってきたら、来客があったってふつうに伝えてみよう」

そう呟いてから、ふと大事なことに気づいた。

また訪ねてくると言った彼女は、そのまま名乗らずに帰ってしまったのだ。動揺していたぼくも、彼女に名前を尋ねることを思いつかなかった。

「たぶん…彼女が、慎一の描いた女性《ひと》だと思うけど…」

口に出すと、逆に確信がなくなってくる。

訪ねてきた女性があまりに印象的だったので、ぼくが勝手にそう思い込んでしまって、じつは初恋の彼女でもなんでもない可能性だってある…。

「おふろに入ろう」

ため息まじりに苦笑して、ぼくはネクタイをほどきながらバスルームに向かった。

ぼんやり考えていると、どんどん悪い方に想像してしまう。おふろに入ってのんびりすれば、きっと気分も休まるだろう。

スイートルームの広い浴槽にバスソープを全部入れて、模様を刻んだ金色のレバーをひねる。勢いよく噴き出すお湯が真珠色のバスタブに溜まるまで、ぼくは急いでシャワーを浴びた。

身体も疲れていたのか、マッサージ効果のあるシャワーが気持ちいい。熱いお湯がほどよく肌を刺激して、せっけんの泡と一緒に不安も洗い流せたような気になる。

ぶくぶく泡立っているバスタブに入りかけたとき、軽いノックの音が聞こえて、ぼくはあわててバスローブを羽織った。

「お、おかえりなさいっ。三次会、もう終わったんですか?」

朝まで帰ってこないと思っていたのに、彼が出かけてまだ二時間くらいだ。

「ああ、急いであいつらぶっ潰して戻ってきたんだ」

驚いているぼくに、彼は大きな真紅のバラの花束を差し出す。

「…ありがとうございます」

「どういたしまして」

優しく目を細めた彼に抱き寄せられ、〝あの…〟と言いかけた唇を塞がれてしまった。

軽く唇をついばまれて、唇の隙間を舌先がなぞる。その刺激だけで、ぶるっと身体が震えた。

「…慎一、バラが潰れちゃうよ…」

頬や首筋に口づけながら花束ごと抱きしめられて、じゅうたんから踵が浮いた。ぼくの頭を引き寄せて何度も舌をさし込む彼に、腰の奥が熱く疼いてくる。

「っ…はぁ…っ…」

搦め捕られた舌をしゃぶられて、うなじがぞくぞくと粟立つ。絡みつく舌から、微かなアルコールとタバコの香りがする。酔ったように頭が痺れてきて、ぼくは夢中で彼の甘い舌に吸いついてしまった。

「積極的だなぁ」

最後に軽くキスして慎一が満足そうに笑ったとき、ぼくは彼の腕に支えられたまま、真っ赤になって息を弾ませていた。

「おまえ湯気が立っててうまそうだけど、もうふろに入ったのか?」

「まだシャワーを浴びただけで…ぁっ…」

顎の先をぺろっと舐められて、身体がぴくんと反応する。

「じゃあ、一緒に入ろうぜ」

ぼくをぶら下げたままバスルームに歩くと、彼はバスタブを見ていきなり吹き出した。いつのまにか泡が小山のように盛り上がっていて、あわててお湯を止めた。

「ひかる、先に入れよ」

ぼくを下ろして花束を受け取ると、バスタブを指さす。

少し躊躇するぼくに、彼は〝どうぞ〟という笑顔で掌を上向けた。あわてて背を向けてバスローブを脱ぎ捨て、ぼくは急いで泡の中に逃げ込んだ。

さっきのキスだけで感じてしまって、少し前屈みになってしまうのだ。

「ちょっと泡が多すぎるけど、まあいいか」

「えっ？」

花束を洗面台《サニタリー》に置くと、彼はネクタイを弛めて、ポケットから黒い革手袋を取り出す。優雅に手袋をはめている彼を、ぼくは泡から顔を出して見つめていた。

「し、慎一…なにを…」

ニヤッと笑って黒い両手を拡げて見せる彼にドキドキし、泡の奥に後退ってしまう。

「安心しろ、怪しいプレイじゃねーよ」

さっき置いた花束を摑んで、慎一は靴のままバスタブの縁に足を掛ける。

「…えっ…え？」

いきなり目の前に真っ赤な花びらが降ってきて、ぼくは上を向いたまま目を瞬いた。

少し開きかけたバラを彼がそっと握り込み、ぼくの頭上で指を開いていく。マジシャンのような手つきで彼が花に触れるたび、長い指から赤い花びらが、ひらひらとこぼれ落ちる。

浴槽からバラの香りが立ちのぼり、白い泡の中に点々と真紅の花びらが散っている。

「その花束…高そうなのに…」

「言うと思ったぜ」

見上げているぼくの頭に花びらをまきながら、慎一がくすくす笑う。

「これは、おやじ達からのお祝いだ。じゅんのアイデアで、急いで花束作らせたからって手袋も一緒にくれた」

「バラのトゲ抜き、間に合わなかったんですね」

じゅん先生らしい…だから、この演出のために革手袋なのだ。

「すごい…バスタブが真っ赤だ」

半分あきれながら、ぼくは両手で花びらをすくいあげた。

大きく息を吸い込むと、バラ独特の甘い匂いが鼻孔を抜けていく。広々としたバスルームは、

いま噎《む》せ返るようなバラの香りで満たされていた。

「たまには、こんなのもいいだろう?」

茎だけになった花束を置くと、彼はネクタイを外してタキシードの上着を脱いだ。

「ええ、ちょっと楽しいかも」

ぼくが振り返ったとき、慎一が浴槽に入ってきてお湯が大きく揺れる。

「慎一?」

真ん中で盛り上がった泡の山に彼が隠れてしまって、ぼくは肩を揺すって笑ってしまった。

「ちくしょう、泡が多すぎだっ」

向こうで慎一が不満そうな声をあげ、目の前にずぼっと腕が突き出してくる。せっかく立派に育った泡を、彼は腕のひと振りで浴槽の外に薙ぎ払ってしまった。

「こいつっ、笑ってんじゃねーよ!」

「だ、だって…、ごめんなさいっ」

背中を向けて笑いをこらえていたぼくは、後ろから彼に腕を掴まれて抱きすくめられた。

「おれは、おまえを抱きたくて、ずっと我慢してたんだぞ」

ぼくの肩に顎をのせて、彼はわざと怒った顔でため息をつく。

「今夜は、おれの好きにやらせろよ」

「…はい」

肩ごしにのぞき込んで命令する彼に、顔が火照ってしまう。でも、お湯の中で触れ合う素肌はなめらかで温かく、くっついているだけで身体も気持ちもほぐれていく。

「あ、あの慎一、話があるんです」

彼を振り返って、ぼくはなるべく明るい声で言った。いまなら、さり気なく伝えられるかもしれない。

「パーティの前に慎一にお客さんが来て…」

「そんな話はあとでいい」

説明しかけたとき、お湯から出てきた大きな手に顎を持ち上げられた。

「慎…」

唇を塞がれて、彼の濡れた舌先がすべり込んでくる。甘い舌に搦め捕られると、うなじがざわっと逆立った。

「…っ…ん」

貪るように絡めた舌と唇を吸われ、舌の付け根が痺れてぶるるっと身震いがくる。

「…はぁ…」

唇が離れたとき薄く目を開けると、切れ長な目がふっと笑う。

「ひかる…」

軽く目くばせした彼に、ぼくの唇から「ぁ…」と甘い声がこぼれた。フェロモン全開の艶っぽい視線に、一瞬ぐらっと目眩《めまい》がする。彼の口説き方をよく知っているのに、キスと視線だけで身体が反応してしまう。

「おまえ首筋まで真っ赤だぞ」

唇を撫でていた指がつーっと首筋に下りてきて、「ぁ…」と声が漏れる。

「我慢するな、おまえの声はそそるんだ」

ぺろっとぼくの唇を舐めて、彼は満足そうに笑う。

「愛してるぞ」

「うあっ…慎一…ッ」

耳元でぼそっと囁く甘い声にぞくぞくし、ぼくは半泣きで首を振った。

「濡れたピンクの肌に、真っ赤な花びらか…。淫靡でそそるコントラストだ、描いてみたくなるぜ」

絵描きの口調で言われると、急に恥ずかしくなって顔が火照ってくる。慎一は一度見たものの色や形を記憶《きおく》だけで精確に描き出すことができるのだ。

できれば、絵描きの彼には恥ずかしいところは見せたくない……。

「うなじにも、花びらが張りついてるぞ」

「っ…待って」

いきなりうなじに舌を這わされて、ぼくは彼の腕の中でざばざばお湯をかいてしまった。

湯の表面を埋め尽くした赤い花びらが波打ち、むわっと甘い香りが立ちのぼる。頭の芯をくらくらさせるような、強烈なバラの香り…。

「…ぁっ…あっ…」

後ろから回された指に左右の乳首をつままれて、びくんと身体が痙攣した。

「おまえ、ここ弱いよなぁ」

彼は笑いながら、とがってしまったぼくの乳首を指の腹で撫で回す。

「耳も、だめなんだろ?」

ぼくの耳に唇を押し当てて、こそっと囁く。直接脳を撫でるような甘い声に、いちいち敏感に反応してしまう。

「あ…、だめ…ッ」

いきなり耳に舌をさし込まれて、ぼくは喘ぎながら浴槽の縁《ふち》にしがみついた。

荒い息づかいで耳の奥を舐め回されると、膝が、がくがくと震えてくる。

「……は…ッ」

乳首を弄《いじ》っていた片方の手がお湯に沈み、ふいにぼくの昂りを握って揉みしだいた。

「おまえ…目が潤んで泣きそうだぞ」

「…お願い慎一…、ぼくいま酔ってるんです…身体が…」

彼の手首を摑んで押し止めると、喘ぎながら哀願してしまう。二次会のとき飲んだアルコールで身体が敏感になっていて、少しの刺激で恐いくらいに感じてしまう。

「なに言ってやがる。酔ってなくても、どうせおまえ、おれが触るとこ全部〝だめ〟なんだろ？ せっかく、こんなに花びらがあるんだ。今日は楽しいことさせてもらうぜ」

彼はそう言って、後ろからぼくの身体を持ち上げた。

「一度やってみたかったんだ」

浴槽を埋め込んだ広いタイルの上に、ぼくの上半身をうつ伏せに寝かす。淡いグリーンのタイルが冷たくて、肌にひやっと鳥肌が立つ。

「し、慎一…っ!?」

理由がわからなくて、ぼくは身体の下で肘をついて後ろを振り返った。

「ぁ…何を…ッ」

彼の前に尻を突き出した格好で押さえ込まれ、背後で屈んだ彼がぼくの双丘の奥に指をすべらせた。

「やや…やめてくださいっ！」

「痛くしないから、暴れるな」

いきなり双丘を割り拡げると、彼はお湯からすくった柔らかい花びらで窪みをつつく。

彼が指先に力を込めると、指と一緒になめらかな花弁がぼくの裡に入ってくる。

「…花…やめて…ッ、見ないでください…！」

「安心しろ、おまえのここはきれいな色だ…いま赤い花びら呑み込んで、ぴくぴく震えてるけどな」

二本の指で窪みを拡げてのぞき込みながら、彼はわざと言葉で羞恥を煽る。ぼくの恥ずかしい部分に彼の息づかいを感じて、身体がカ〜ッと熱くなった。

「ぁ…ぁっ…は…ぁ」

彼の指に花びらを何枚も埋め込まれ、ぼくはタイルに頬を押し当てて大きく喘いでいた。

「いくらでも入りそうだな、もう裡《なか》が真っ赤だ…」

指で左右に拡げてそう言うと、いきなり彼はぼくの尻に顔をうずめて唇を押しつけた。

「…ゃ…ぁッ」

舌先を突っ込んで肉の内側を舐め回されて、身体がぴくぴくと痙攣する。しゃぶるように口づけながら、何度も味わうように奥まで舌を突き入れる。後ろで聞こえる濡れた卑猥な音に、ざわっと背筋が粟立った。

いやなのに…恥ずかしいのに…、舌で犯される快感に腰の奥が疼いて、唇からこぼれる喘ぎが乱れて甘くなっていく。

「おまえの内側《なか》は、バラの味と香りだ…興奮するぜ」

大きく息を吸い込むと、彼は酔ったような声で呟いた。

「こっちも、触ってほしいだろ？」

「…ぁ…っ…ん」

身体の前に手をさし込まれ、硬く脈打っていたぼくの欲望に指が絡んでくる。

長い指に肉茎を揉みしだかれ、ぼくは彼にねだるように腰を動かしてしまった。もうちょっとの刺激で、一気に高みに達しそうだ…。

「こっちも、弄《いじ》ってほしいのか？」

言いながら、ぼくの後孔に指をさし込んで、指を抜き差ししながら肉の裡を刺激する。

「…ぁ、…もぅ」

涙が溢れて唇から苦しい喘ぎが漏れた。

前を擦り上げながら後孔を二本の指に掻き回されると、腰が熱く疼いてとろけそうになる。

「ぁ…く…達く…」

——苦しい…早く…達かせてほしい………！

「……かせて…おねが…い…達かせて…」

うわごとのような喘ぎを繰り返す。肌が濡れているのは、湯気なのか、汗なのか、涙なのか…わからない。

どうしようもなく身体の芯が火照ってきて…もっともっと強い刺激が欲しくなる。

「何が欲しいか、自分で言えよ」

上から顔をのぞき込んで、彼は余裕の口調でそう言った。

「…ぁ…あ…ッ、挿《い》れて…早く…ッ」

滲んだ視界に映る彼を見つめて、ぼくは震える声で哀願した。

「…慎一の…欲しい…しん…ち…欲し…よ…」

うまく言葉にならなくて、舌っ足らずな掠れ声になる。

「…いじめ…ないで…」

また彼に焦らされたらと思うと苦しくて、勝手に涙がぽろぽろこぼれてしまう。

「ヤバイ気分にさせやがって…」

ごくりと唾を呑み込むと、彼は唸るように呟いた。

「…慎一…」

「おまえいま、自分がどんなに淫乱な表情《かお》で誘ってるか知らねーだろ…」

欲情した鋭い瞳に見据えられ、まるで視線に犯されるように肌が粟立っていく。

背後で高く腰を持ち上げられて、胸まで浮き上がって、ぼくはタイルを掻いて浴槽の縁にしがみついた。

「望み通り、おれので達かせてやるぜ」

ぼくの窪みに硬い先端をあてがうと、彼は一気に猛った欲望を突き入れた。

「…は…、く…ぅ」

背筋が粟立つ快感と激しい圧迫感に、唇から細い悲鳴が漏れた。慣れてほぐされていても、付け根まで埋め込まれた肉塊の大きさに、腰の奥がズキズキと痛んだ。

「おれのを呑み込んで締めつけやがる…」

呻くような声で息を吐くと、彼は先端まで引き抜いて左右を突くように腰を動かす。押し入って内側《なか》を掻き回す肉の刺激に、ぞくぞくと鳥肌が立った。彼はぼくの腰を引きつけながら、同時に自分の欲望を突き入れる。少しずつ速くなる抽送《ちゅうそう》に喘ぎながら、ぼくは浴槽の縁を抱きしめるように摑まっていた。

「しん…ち…、は…ぁ…ぁっ…あ…あッ…！」

肉のぶつかる卑猥な音が響いて、肌が熱く火照ってしまう。腰を打ちつけられるたび、快感に痺れて意識が朦朧として…、自分の吐息が甘くなっていく。

「もっと乱暴に責められたいんだろ…？」

「…はぃ」

背後で荒い息づかいを聞いたとき、唇が無意識に答えた。

その瞬間、彼が激しく腰を叩きつけ、嵐に遭ったようにがくがくと揺さぶられる。

「……ぁぁああ…ッ」

猛々しく一気に最奥まで貫かれたとき、腰から電流のような快感が走り、頭のてっぺんまで駆け上がった。

高みに達して頭が真っ白になったとき、ぼくの意識は甘い香りに包まれて、花びら中に沈み込んでいった。

◇

ベッドに下ろされたとき、肌が火照っていて冷たいシーツの感触が心地好かった。

「ひかる…平気か？」

慎一の声に目を開けて、すぐ上から見つめる優しい瞳に安堵の息が漏れた。

「はい、大丈夫です」

彼の首に腕を絡めて抱き寄せるぼくに、照れくさそうに笑って屈み込む。ぼくの肩の外側に肘をつくと、彼は体重をかけないように身体を重ねた。触れ合った素肌は温かくなめらかで、くっついていると、幸せにとろけそうになる。

「なあ、いきなりふろで溺れるなよ、びっくりするだろ」

長い指でぼくの髪を撫でつけながら、慎一が困った顔で笑う。

「ええと、意識が飛んじゃったみたいで…」

彼の身体の下でまだドキドキしながら、またちょっと頬が熱くなる。少し汗ばんだ互いの肌から、まだバラの香りがしていた。

「…ごめんなさい」

「いや、いいけどな」

素直に謝ったぼくに、彼は横を向いて軽く吹き出した。

「ったく、おまえは可愛いよ」

あきれ口調でぼくの頰に手を触れて、愛しそうに目を細める。その大きな手が冷たくて、ぼくは火照った頰を擦りつけた。

「手に甘えるネコみたいだぞ」

「ぼく人間です」

なんとなく答えたぼくは、彼にぽんぽんと頭を撫でられてしまった。

「それにマゾだしなぁ。えろい表情で泣くから、もっといじめたくなるぜ」

「…そんなぁ、こうなったの慎一のせいなのに…ぼくマゾじゃありませんよ」

指の背でつーっと頰を撫でられ、つい不服そうに答えてしまう。

「でも、おれに、いじめられるのはいいんだろ?」

「……そうかも」

自信ありげに瞳をのぞき込む彼に、ぼくは赤面して小声で頷いた。

でも本当に、彼以外の誰かに〝いじめられたい〟と思ったことは一度もない。

慎一なら、どんなことをされても受け入れて許せてしまう。

ぼくは彼を愛しているし、慎一だってぼくを何よりも大切にしてくれている。それがわかっているから、彼の傲慢さも、激しい欲情や執着も、ぼくへの愛情だと思えて、胸が震えるほど嬉しくなってしまうのだ。

「おれが何しても逃げるなよ」

「…はい…一緒にいます」

その脅すような低い命令口調も、ぼくの意識を甘く痺れさせる。

「おまえは、おれのモノだからな」

「…はいっ、慎一も、ぼくのモノだから忘れないでくださいね」

「ああ」

笑顔でお願いしたぼくに、いい表情でにっこり笑ってくれる。

いつも慎一は誠実で、ぼくにはとても優しい。

だから、ぼくは、けっして彼から逃げたりしない……。

彼女のように、慎一を悲しませたりしない……。

逞しい腕に抱きしめられて恋人の口づけを交わしながら、ぼくは甘えて頬を擦りつけた。

「っ…はぁ…は…ぁ、ちょっ…待ってください…」

彼のキスがだんだん激しくなって、唇が離れると舌が痺れて肩で息をしてしまう。

重ねた身体の間で彼の欲望が硬く脈打っている。口づけの刺激に、ぼくの昂りも再び勃ち上がっていた。隠しようがない欲情に、また顔が熱く火照ってくる。

「おまえ、わかりやすいな…顔が真っ赤だぞ」

ぼくの唇をぺろっと舐めて、彼がくすくす笑う。

「いじめてほしいだろ?」

ふっと目を細めて甘く囁かれ、くらっとくる色気に鳥肌が立ってくる。

「…はい」

ぽ〜っと返事をしてしまい、慎一が満足そうに頷いた。

「今度は意識飛ばすなよ」

「……ん」

唇を塞がれるまで、ぼくは潤んだ目で慎一の顔を見つめていた。

互いの肌から薫る濃いバラの香りと、欲情した彼の瞳にあてられて、また腰が疼いて全身が甘く痺れてきた。

◇◆◇

甘いバラの香りに夢見心地でたゆたっているとき、ふわっと芳しいコーヒーの香りが混じって、ぼくは不思議に思いながら目を覚ました。

「おはよう」

「…おはようございます」

ベッド脇に立っていた慎一が、ぼくに気づいてにっこり笑う。もうシャワーを浴びたのか、黒いパンツに紺のハイネックシャツを着ていて、髭を剃ってさっぱりした表情だ。

「朝だからミルクを入れるか？」

「…はい」

モーニングサービスの銀色のワゴンで、彼はミルク入りの熱いコーヒーを注いでくれた。

起き上がると、かなり腰がズキズキして辛《つら》い。渡されたコーヒーをひとくち飲んでほっと息をついたとき、目覚めた頭で自分が寝ていたベッドを眺めてぎょっとする。

「うっ…あ、あの、ホテルの人、これ見てませんよね」

「ああ、この朝食のワゴンは入口で受け取ったんだ」

ぼくの言いたいことがわかったのか、慎一が笑って教えてくれる。

「…よかった」

安堵のため息を漏らして、ぼくは胸を押さえた。

だって品のいい薄いベージュのシーツには、たくさんの真紅の花びらが散っているのだ。しかも、ダブルベッドは片方しか乱れていない…。

「気にするな、ホテルは客のプライバシーには干渉しないさ」

「そうなんですけど…」

彼は呟いたぼくの顎を持ち上げ、つんと唇にキスして笑う。

「じゃあ、朝食をどうぞ」

熱くなった頬を押さえているぼくの前で、彼は楽しそうに朝食を並べてくれた。


「あ、慎一…待って」

着替えて部屋を出るとき、ぼくはドアの前で彼のコートの袖を引っぱった。

「うん？　なんだ」

ぼくが両手を伸ばしてぎゅっと抱きしめると、彼は笑いながら受け止めてくれる。

「おいっ、セックスに満足してないのか？」

「じゅうぶん満足だけど、ちょっとだけ甘えたくなって…」

広い胸に顔をうずめて、彼の温かさと穏やかな鼓動に安心する。クリーニングしたシャツの匂いと、ぼくが彼に選んだフレグランス…、いつもの慎一の匂いに…幸せな気分になった。

「…キスしてもいい？」

「ぁあっ？　なんだよ、おまえやけに可愛いじゃねーか」

顔を上げて背伸びしたぼくに驚きながら、彼がおかしそうに屈んでくれた。

「いくらでも、どうぞ」

彼の首に腕を絡めると、額を押し当てて目を細めてくれる。

その甘い表情にうっとりして唇を触れたとき、ほんの微かに胸の奥がざわめいた。

何度もねだるように口づけるぼくに、彼は優しく応えてくれる。

「…慎一のこと全部好きです…ぼくと一緒にいてください」

唇を離したとき少し目が潤んで、ぼくは無意識にそんなことを呟いていた。

一瞬目を見開くと、彼は嬉しそうな笑みを浮かべてしっかりと頷く。

「ああ、一生手離す気はない」

少し顔を引き締めて、慎一がまじめな声で答える。

「…おまえを…愛してるからな」

彼は鼻の頭を掻くと、ちょっとムッとしたような表情でそう言った。その仕草は慎一が本当に照れてしまったときの癖で、可愛くて笑ってしまう。

「…よ〜し、じゃあ、もう一泊するか？」

「えええっ、し、しませんよっ」

ぼくを片手で抱き上げて踵を返した彼に、今度はぼくの方が焦って大声をあげてしまった。

「そういえばおまえ、おれが部屋に戻ったとき、何か話があるって言ってたよな？」

フロントにカードキーを渡したあと、慎一が思い出したようにそう言った。

「え…はい、帰ってから話します」

なんとか明るい笑顔を作って、ぼくは答えた。

〝…さらっと言ってしまえばいいのに、少しでも先延ばしにしたいんだろうか……？〟

話してしまえば、古いキャンバスの彼女の絵を見たときのように、彼は『懐かしいなぁ』で終わるかもしれないのに……。

でも、話そうと思っただけで少し気分が重くなる。無意識に胸を押さえてため息を漏らしながら、ぼくはチェックアウトのサインをする彼の長い指を見つめていた。

帰ってから、ちゃんと話そう……。

「風見様、四條様《しじょう》から、メッセージをお預かりしています」

精算のあとフロントの青年に言われ、聞き覚えがない名前なのか慎一が眉をひそめる。

「四條？」

「はい、風見様がお帰りになられるとき、お会いしたいとのご伝言で、いま、あちらのラウンジでお待ちになっています」

そつのない笑顔で頷くと、フロントの青年は向かいに見えるラウンジを掌で指し示す。

――〝彼女〟だ……。

突然、襲ってきた嫌な予感に、頭から血の気が引いた。

「うん？　誰かな、ひかる、ちょっと待ってろよ」

「あ…慎一っ」

軽くぼくの髪を撫でると、彼はひとりラウンジに向かって歩き出す。

「待って…っ」

慎一が背を向けたとき、正体のわからない恐怖に駆《か》られて、ぼくはとっさに彼を追いかけていた。

――いやだ…っ、彼女に会ってほしくない――っ!!

全身が激しく震えてくる。

「慎一っ！」

ラウンジの入口で腕を掴んだぼくに、慎一が驚いて振り返った。

「ひかる、どうした⁉」

青ざめて見上げたぼくを、彼は心配そうに抱き寄せる。

そのとき視界の端で、彼女がソファから立ち上がるのが見えた。

こめかみがズキズキしてくる。頭が混乱して、あらゆる言葉や情景が無作為に溢れ出してくる。

『いい女だったよ…あのときのおれにとっては、最高だった…』

タバコの煙に目を細めて、彼は静かに呟いていた。その表情の中に寂しさと愛しさを見たとき、ぼくは指先が冷たくなるほど、恐かった。

まるで、スローモーションの映画を観ているようだ……。

柔らかい生地の青いワンピースの裾をなびかせ、彼女は午前の光がさし込むラウンジを、ゆっくりと歩いてくる。少女めいたほっそりした肢体、胸元まであるウェーブのかかった栗色の髪、まっすぐこちらを見つめる瞳は、陽に透けて琥珀色に見えた。

陶器の人形を思わせる、不思議な印象の女性……。いまなら、確信できる。金色の夕焼けの中で慎一を見て微笑んでいたのは、この人だ……！

「大丈夫か？」

彼が心配そうに顔をのぞき込んだとき、ぼくはもう彼女から目が離せなかった。

「ひかる…?」

ぼくの視線を追って、慎一が何気なく顔を上げた。

少し離れて立つ彼女を見つけたとき、最初彼は〝え…?〟という表情で一度、目を瞬いた。

表情を強ばらせてもう一度まばたきして、微かに首を振る。

「……小夜子《さよこ》…」

呟いた慎一の声が震えていた。

「どうして…」

目を見開いたまま、苦しそうに顔を歪ませる。ぼくの両肩を摑んでいた腕が激しく震え、思った以上に動揺する彼に、ざわっと肌が粟立った。

「私…戻ってきたの…」

艶のある唇から、囁くような細い声がこぼれた。

まっすぐ彼を見つめる琥珀の瞳から、涙が溢れて頰を伝う。

窓からさし込む光の中に立つ彼女は儚げで、まるで夢のように美しかった……。

「慎一に会いたくて…戻ってきたのよ」

潤んだ涙声で彼女がそう言ったとき、ぼくは慎一の顔だけを見つめていた。

彼は二十六歳で、世界的にも名の知られた絵描きで…、たったいままで傲慢なくらい自信に満ち溢れていた。でも、恋人のぼくですら、こんな彼の表情を見たことがない。

――これは…、彼女を失ったときの…慎一だ…。

高校生のときの、本気で恋愛をしていたときの…十六歳の表情《かお》……。

「…会いたかったわ」

彼女が手を差し伸べたとき、まるで見えない糸に引かれるように、彼の身体がぐらりと前に傾いた。

「待って慎一…っ！」

反射的に彼の腕を摑んで怒鳴った自分の声が…、悲鳴に聞こえた。

以前見た不吉な夢を思い出し、身体が凍るような恐怖が蘇る。

あの夢の中で慎一は……、ぼくではなく彼女を選んだのだ……！

「ひかる…」

夢から覚めたように呟くと、彼は摑んだぼくの手を上から握りしめた。

「…大丈夫だ」

大きく息を吸い込んだ広い肩が、ゆっくりと上下する。

「…おれは、大丈夫…」

自分に言い聞かせるように、慎一はそう呟いた。

そんな彼の様子をじっと見つめて、彼女は少し目を細めて不思議な笑みを浮かべていた。

◇◆◇

ホテルの地下駐車場に歩く間、互いに何も話さなかった。

ぼくの肩を支えるように歩きながら、彼は厳しい表情で前を見つめている。

なんだか、頭がズキズキする……。

触れている身体はいつものように温かいのに、いま彼が隣で何を思っているのか、ぼくには
わからない……。どうやってここまで歩いてきたのかも、わからない。

あのときラウンジにいた他の客やウェイターが、どんな顔をしていたのかも、なにも覚えて
いない…。ぼくは慎一と…、彼女しか見えていなかった。彼らの声しか、聞こえなかった。

ラウンジでは、きっとぼくがいちばん見苦しく動揺していただろう。

「小夜子、おれは…」

あのとき何か言いかけた彼に、彼女は寂しそうに首を振った。

「慎一…ふたりだけでお話ししたいの」

彼女は指でそっと涙を拭うと、彼に名刺サイズのメモを差し出した。

「お願い、会いに来て。今度は私、黙っていなくならないから…」

彼女がそう言ったとき、一瞬、慎一の顔が苦痛に歪んだのが忘れられない……。

去っていく彼女を見つめながら、彼はぼくの手をきつく握っていたのだ。


「ひかる」

呼ばれて顔を上げると、彼は駐車場の奥に停めた愛車、白のランサー・エボリューションのドアを開けてくれた。

ぼくが助手席に座ると、彼はエンジンをかけてポケットからタバコを取り出す。慣れた手つきで一本口にくわえると、オイルライターの蓋《ふた》を跳ね上げて火をつける。

薄暗い駐車場を眺めながら、彼はゆっくりと煙を吐き出した。そんなふうに黙ってタバコを吸っている彼に、不安だけが膨らんでいく。

――慎一……。

少し開いた運転席の窓から、車内に冷たい空気が流れ込んでくる。けして寒くはないのに、身体が微かに震えていた。

「寒かったか？」

「いえ…」

うつむいて首を振ったぼくに、彼はタバコをもみ消してウインドウを閉じる。

窓が閉じたとたん外界の音が消え、車内は息苦しいほど静かになった。

いつもは感じない静けさ…。

ぼくと慎一は、ふだん笑って話をしていて、たとえ黙っていても、ふたりでいればとても穏やかな気持ちでいられた。

彼はいつもぼくを見ていて、ぼくのことを考えてくれている。だから、ぼくにとって、慎一の隣は居心地がよかったのだ。

そんな単純なことに気がついたとき…、目が潤んできた。

「ひかる…不安にさせて悪かった」

ハンドルに肘をかけて、慎一がぽつんと呟く。

「おれは、おまえを愛しているし、おまえに対する気持ちは、いままでと変わらない…」

疲れた表情で優しい笑みを浮かべて、彼はぼくの手を取ってそう言った。

「おれを信じてくれ…」

「はい」

唇が震えないように頷いて、ぼくはしっかりと彼の手を握り返した。

「…もう十年も経ってるんだぜ。いまさらだろう…自分でも…そう思う」

痛い傷跡に触れるように額を押さえると、彼はため息まじりにそう言った。

「いまさらだよ…、ちくしょう…、いまさらなのに！　こんなに動揺するなんて思わなかったぜ…」

無理やり唾を呑み込んで、ひどく悔しそうな表情で首を振る。

「慎一…」

「おまえの前で、カッコ悪いとこ見せたよな」

いつものように笑おうとした彼は、顔をしかめて大きく息を吸い込んだ。

「ぼくも…ごめんなさい。彼女がパーティの前に訪ねてきたこと、言わなかった…」

「…そうか…この話だったのか……。いいんだ…おまえのせいじゃない」

ぼくの頭を抱き寄せて、彼はなだめるように言った。

突然、二度と会うはずがなかった初恋の女性が目の前に現れて、平静でいられるわけがない。

「もっと早く伝えれば、よかったんだ…」

そう…もっと早く伝えておけば、彼はこんなにも動揺しなかったかもしれない…。

——ぼくは、ずるい……。

こらえきれずに溢れてしまった涙が、膝の上で握った拳を濡らしていく。

伝えるのが恐かった。本当は、言いたくなかったんだ。慎一が初めて愛したという彼女に…、ずっと忘れられなかったという彼女に…、絶対に会ってほしくなかった……っ！

——ふられたのなら、あきらめもついたのに……！

それが悔しい。いくらふたりの間に十年という歳月があっても、彼らは別れていない。

彼女が消えた瞬間、慎一の時間は切断されてしまったのだ。

だから彼女が現れたとき、彼の意識は十年を飛び越えて、彼女を失ったその瞬間に飛んでしまった。

「会わないでください」

涙を拭うのも忘れて、ぼくは真剣に訴えた。

「ぼくを選ぶなら…会ってほしくない……！」

言いながら、喉が詰まって胸が苦しくなる。

あの魅力的な女性と、慎一がふたりきりで会うのはいやだ…。恐い…、どうしようもなく、恐くてたまらない。

「……ひかる、聞いてくれ」

しばらく沈黙したあと、彼は厳しい眼差しでぼくを見つめた。

「…おれは、小夜子に聞きたいんだ。あいつがおれの前から消えた理由を…」

「慎一…っ」

「会って話をしたい。頼む、おれを信じてくれ」

そう言った彼が信じられなくて、ぼくは茫然と首を振った。

「いやだ…、慎一はぼくの恋人なんだよ…!?」

「……ああ、おれだって、もしおまえのむかしの恋人が現れたら、絶対に会わせないだろう。

おれ…どうかしてるよな。大事なおまえを悲しませるようなこと言って、自分でもどうかしてると思うよ…だけど…」

「慎一…」

「このままじゃ小夜子は、あいつは…ずっとおれの中から消えないんだっ！」

拳を握って声を荒げた彼は、歯ぎしりしそうな悔しそうな表情をしていた。

「…おれは…っ」

苦しそうに何か言いかけた彼の身体を、ぼくはとっさに抱きしめていた。こめかみがドキドキと脈打っている。喉が詰まって目の奥が熱い。背中に回った慎一の腕がきつくぼくを抱いていて、また涙が溢れてくる。

――やっと忘れかけていたのに…どうしてこんなに苦しめるんだ…っ！

慎一の気持ちがわかるから、よけい悲しくなる…。

『…小夜子…どうして…』

ラウンジで彼女を見たとき、彼の意識は一瞬で過去の途切れた時間に飛んでいた。

『…どうして…おれから逃げたんだ…っ!!』

ぼくがいなければ、慎一はたぶん言葉を続けたはずだ。

『…おれは…おまえを愛していたのに――っ！』

『…どうして黙って消えた…どうして…！　どうして………っ!!』

十六歳の夏、彼女の消えた部屋で、彼がずっと繰り返していただろう言葉だ…。

「ひかる、泣くな…」

ぼくの目尻の涙を指の背で拭うと、彼は屈んで頰や額に口づけた。

「もういい…、…すまなかった」

「慎一…？」

ゆっくりと息を吐きながら、彼はそう言った。

「ひかるにつらい思いまでさせて、会いに行ったりしないからな」

優しく目を細めて、彼は抱きしめていたぼくの背中を優しくはたいた。

「安心しろ、もう大丈夫だ。おまえのおかげで、すっかり落ち着いたよ。ばかだよなぁ、おれ…。いまさら、むかしのこと蒸し返しても、しょーがねーよな」

彼は苦笑しながら、バツが悪そうな表情で前髪をかき上げる。

「おれ達の家に帰ろうぜ」

軽く指の背でぼくの頰を撫《な》でると、彼は軽快にギアを入れて車を発進させる。

ランサーが薄暗いホテルの駐車場から明るい地上に出るまで、ぼくはいつもの微笑みを浮かべる彼の横顔を見つめていた。

◇◆◇

ひとりでマンションの部屋に入ったとき、ぼくはバッグを持ったまま居間に行った。

テーブルからリモコンを拾い上げ、まっさきにテレビをつける。チャンネルを替えて、一番にぎやかそうな番組を選ぶ。なるべくうるさくて、笑い声ばかりが聞こえるものがいい。

「コーヒーを飲もう…」

コートを脱ぐと、テレビに背を向けてキッチンに向かう。

香りのいい豆をセットすると、また居間に戻って、広い南側のブラインドを全開にした。

ふいに暗闇で光を浴びたように、太陽のまぶしさに手を翳す。

「晴れてたんだ…」

呟いてから、自分の言葉がおかしくて少し笑った。

さっきまで、ぼくはマンション前の歩道にいた。陽ざしの下で、しばらく立ち尽くしていたはずなのだ……。

マンションに着くまで、慎一は車の中で吹っ切れたような表情でふつうに喋っていた。

彼はすっかり気分が落ち着いていて、意外と平気なんだと思った。

「もう終わったことだ、大したことじゃない。突然だったから、けっこう驚いたけどな」

そう言って向ける笑顔がいつもと変わらなかったので、ぼくは少しだけ安堵していた。

「悲しませて悪かったよ」

と、彼は言った。

「もう泣くなよ、おれ、つらいの我慢してるおまえの泣き顔は見たくないんだ」

そう言ってくれた…。

慎一は、ぼくが不安なとき、いつでも安心させる言葉をくれる…。

「おまえが心配することなんて、何もないんだぜ」

いつでも、彼はぼくのことを考えて優しく気遣ってくれる……。

「安心しろよ、おれは大丈夫だから」

前を見たまま彼が微笑んで言ったとき、ぼくの心臓がずきんと音をたてた。

「…慎一、本当に会わなくていいの……？」

ぼくは彼の顔を見つめて、慎重に尋ねた。でも、痛いくらいに胸がズキズキしてくる。

「ああ、おれは平気だ。気になるなら、これはおまえが捨ててくれ」

慎一はポケットから彼女のメモを取り出すと、前を向いたままぼくに手渡す。

「どうして…？」

ぼくの唇から、言うはずもなかった言葉がこぼれた。

「どうして…平気なんて言うんですか？」

白いメモを握ったまま、ぼくは青ざめて彼を見つめた。

「どうして、ぼくに大丈夫だなんて…言うんだ…っ」

言いながら言葉に詰まった。

——これじゃ同じだ…あの人が消えたときと、ぜんぶ同じ——っ！

おれは大丈夫、おれは平気だ…。

おれは強い。だって、おれの目は涙も流していないし、何も感じていない……。

そう…、おれは充分うまく生きてる…。

喪失感と無力感を抱えたまま、彼は毎日、自分に言い聞かせていたのだ。

「それじゃ…、絶対にあの人を忘れられないよっ!!」

マンションの前で車を停めた彼に、ぼくは大声で怒鳴っていた。

「ひかる？」

「ぼくだけ大事にしてくれて…でも慎一は自分のこと、ぜんぜん大事にしてないよ！」

「落ち着けっ、おまえ…なにか混乱してるぞ」

彼の胸元を摑んだぼくを、なだめるように抱き留める。

「慎一のこと信じてるから……！」

「ひかる…」

真剣に言ったぼくをしばらく見つめると、彼は決心したように強く頷いた。


本当は、会わなくてすむのなら、その方がいい…。

でも、十年前、突然消えた彼女は、ずっと慎一の胸の中に居続けたのだ。

今度の印象的な再会だって、彼の意志とは関係なく、きっと忘れられない出来事として残ってしまう。

過去も現在《いま》も、彼女が何を考えどう思っているのか、本当の理由はわからない。

わからないから…、慎一の中で彼女の思い出はどんどん美化されていく。

慎一の口から、失恋した彼女がいることを初めて聞いたとき、彼は目を細めてタバコを燻らせながら、淡々とした口調で話してくれた。

十六歳の夏、彼女が消えた部屋に立ち尽くしていた慎一が、そのときどんな思いをしたのか、ぼくにはわからない…ただ…、

『彼女《あいつ》が消えたとき、おれ…なんかなぁ…ここんとこで…妙な音がした』

そのとき慎一は、傷に触るように額にそっと手を触れた。

『妙な音？』

ぼくは首をかしげて聞き返した。それは、カシン…とガラスが砕けたような音でもあり、テレビのスイッチを切った瞬間のブッンという音にも似ていたという。

『自分と世界が、突然、切れた音』

と彼は言った。

それだけで、彼の深い悲しみと喪失感が伝わってきて、ぼくはどうしようもなく喉が詰まって目頭が熱くなった。

そのあと慎一は『出航』という題名の一枚の絵を描いている。

出航なのに夜、青ざめた満月の海に出てゆく帆船の絵だ。風もなく音もなく、ただただ静かな〝青〟の空間。

朝は二度と訪れず、帆船は永遠に月光に照らされた海を彷徨《さまよ》うようにも見えた。

その絵を初めて見たとき、胸を締めつけるような静寂と孤独を感じて、ぼくは溢れてくる涙を抑えることができなかった。

彼女を失ったとき、十六歳の彼は、自分でも気づかないまま砕けてしまったのだ。

それから慎一は、ずっと絵を描き続けている。

家族の愛情に恵まれなかった思春期の少年が、自分の欠片《かけら》を拾い集めて修復するのは、きっと苦しくて孤独な作業だったと思う…。

「…心配しないで待ってろよ」

彼は車中でそう言うと、ぼくの額《ひたい》に軽く口づけた。

ぼくは彼の手を握って頷くと、マンションの前で車を下りた。

彼の車を見送ったとき、ぼくはしばらく歩道に立ってランサーが消えた通りを見つめていた。

「わかりました」

泣いてはいない…、笑顔でいたと思う。

でも、そのとき風があったのか、空気は冷たかったのか、覚えていない。しだいに視界は滲んで、周りがぼやけてしまったから、ぼくは部屋に戻ってきたのだ。

コーヒーのカップを持って、ぼくはひとり南側の窓から外を眺めていた。

マンション最上階、九階のここからは、いつもと同じビル群が見渡せる。

クリスマスの今日は、ぼくの心と裏腹に気持ちよく晴れ渡っていて、遠くに立つビルの鏡面ガラスに青空が映っていて美しかった。

「恋人なんだから、信じなきゃ…」

明るく言って顔を上げると、冷めかけたコーヒーを飲み干す。

ふだんあまり観ないテレビを、わざとつけっぱなしにしておいた。

白いセーターに茶のパンツという格好で、ぼくは腕まくりして片づけを始めた。

ふたりの着替えを入れていたバッグの中身を整理し、クリーニングに出すタキシードやスーツを仕分けする。バッグの奥の方から、パーティのとき慎一が受け取った名刺がごっそり出てきた。

自分の仕事部屋に戻ると、名刺の束を必要に応じてファイリングしていく。こんな事務作業は、マネージメントをしているぼくの仕事だ。

自分のクラッチバッグも、ぼくが交換した名刺の束で分厚くなっていた。コーヒーを飲みながら、名刺の名前やデザインで、なるべく顔を思い出してメモを付けていく。連絡することもあるかもしれないからだ。

そんなふうに、すごい数の名刺を整理していると、知らないうちに時間が経っていた。

顔を上げると冬の陽はすでに傾いて、広い窓から見えるビル群は金色に光っていた。

「一度、連絡しようか…」

まだ何時間も経っていないのに、ついそんなことを思う。

いま、どこにいるのか聞きたくなる。何時に帰るのか、聞きたくなる。

本当は一刻も早く、戻ってきてほしい……。

「だめだなぁ…」

ため息まじりのひとり言を呟く。

「信じて待ってるって、約束したくせに……」

自分の銀色の携帯電話を開いて、ぼんやりディスプレイを眺める。

これは彼がくれたものだ。着信履歴がほとんど慎一からで、おかしくなる。

ケイタイを使うようになったのは、一緒に暮らし始めてからだ。ぼくはケイタイを持っていなかったし、慎一は外で担当に捕まりたくないという理由で持ち歩いていなかった。

いままでは、出かけるときは必ず持って行けと言われる。互いに電話では長話もしないし、メールも短文だけど、つながっている感じがして安心するのだ。

『いまタクシーで移動中。すぐ帰るから起きてろよ！』

新しく入っていたメールは三次会から戻ってくるときくれたらしい。シャワーを浴びていたので気づかなかった。必要なことしか書いてくれないので、恋人同士という甘い文面じゃない。

でも慎一らしくて笑ってしまう。

メールなら入れてもいいかなと少し考えかけて、ぼくは首を振ってケイタイを閉じた。

ここは慎一の部屋だし、彼は必ずぼくのところに戻ってきてくれる。

◇◆◇

『ひかる、連絡が遅くなってすまない』

深夜の零時を回ったとき、慎一から一度電話がかかってきた。

「どこにいるんですか!?」

一回目のコールで、ぼくはキッチンカウンターに置いてある子機に飛びついた。それでも、胸を押さえて平静に聞こえるように言ったのだ。

『あのな…』

しんとした受話器の向こうで、慎一がゆるい吐息を漏らす。

「慎一…?」

受話器の向こうで一瞬彼が黙り込み、緊張に指が震える。

『まだ戻れない…。頼む、帰ってから事情を説明する。もう少し時間がいるんだ…』

「あの…場所だけでも教えてください」

彼の言葉に青ざめながら、それでもぼくは、けっして…責めるようには言わなかったと思う。

『…おれは必ず、おまえの所に帰るから』

最後に苦しそうな声で呟くと、電話はぷつりと切れてしまった。

「慎一っ⁉」

「どういう意味なんだ…」

ぼくは受話器を持ったまま、しばらく茫然と立ち尽くしていた。

「あの人と…どこにいるんだよ…っ」

いま、この瞬間、慎一が彼女と一緒にいると思うと、背筋が冷たくなってくる。

ズキズキと頭が痛んで、ぼくはテーブルに置いていたケイタイを取り上げた。

そのまま着信履歴で彼にコールする。電話の最後…慎一の様子がおかしかった。

彼を信じているけど…、もう少しだけ説明がほしい。彼の声を聞いて…、安心したい。

緊張しながら呼び出し音に耳を澄ませる。テレビから聞こえる笑い声がうるさくて、ぼくはリモコンでスイッチを切った。

雑音が消えて部屋がしんと静まりかえったとき、ぼくが聞いていた呼び出し音とは別に、部屋のどこかで微かなコール音が聞こえた。

急いでアトリエに入って、ぼくはもう一度、彼のケイタイに電話をかけた。

とたん、慎一の製図台《ドラフター》の上で、大きめの封筒が振動しながら鳴りだす。福山さんが慎一に渡していた青い封筒だ。バッグに入っていたのを、ぼくがアトリエに持ってきた…。

封筒から、写真と一緒に慎一のケイタイが出てくる。

「忘れていったんだ…」

べつに…大したことじゃない…。電話をしようと思えば、どこからでもかけられる。

でも、ぼくからはかけられない…。慎一からの電話を待つだけ…。

ふいに、彼とのつながりが切れたような不安に、胸の裡がざわめいた。

ケイタイと一緒に出てきた写真を、ぼくは両手で持ち上げた。

A4サイズに引き伸ばされた写真は、少しうつむいて眩しそうに目を細める慎一のアップだ。

福山さんは腕のいいカメラマンで、慎一のいい表情《ショット》を撮ってくれる。

これは彼の最高にいい笑顔で、とても優しい瞳《め》をしていた。

「…しっかりしろっ！」

写真を見たとたん目が潤んでしまって、ぼくはパンッと思いきり自分の両頬を叩いた。

「しっかりしろ、月充っ！」

ぎゅっと拳を握って自分に喝《かつ》を入れる。

慎一と知り合う前、くじけそうになるたび、ぼくはひとりで、ずっとそうしてきたのだ。

「こんなことで、ぐらぐらするなよ、男だろっ」

胸に手を置いて大きく深呼吸する。

弱くなったらだめだ。慎一に守られて重荷になるだけじゃ、だめだ。

手を引かれるだけじゃ、だめなんだ…。

彼がつらいときは、ぼくが支えられるくらい強くならなきゃ……。一緒に生きていくことを決めたとき、ぼくは自分でそう誓ったんだ。


「じゅん先生…」

ふいに彼女のことを思い出して、ぼくは顔を上げた。

以前、喫茶店でぼくが慎一の彼女のことを聞いたとき、じゅん先生は珍しく困った顔をした。

『う〜ん、それ本人に聞いてよ。あいつが喋らないことは、あたしも言えないもの』

恋人なんだから、聞けば教えてくれるわよ、と笑顔で言われたけど、そのとき、じゅん先生も彼らの経緯《いきさつ》を知っている口調だった。

もしかしたら、じゅん先生は彼女の家を知っているかも……。

「…だめだ…もう日本にいない…っ」

受話器を持ち上げたときに気づいて、ぼくは落胆のため息を漏らした。

じゅん先生は海外旅行で、きのうの昼に飛行機に乗ってしまった。

いろいろなことを考えていたとき、また居間の電話が鳴って、あわてて通話ボタンを押した。

「慎一っ…」

勢い込んで言ったとき、一瞬、受話器の向こうが沈黙する。

『…月充ひかるさん？』

細い女性の声が聞こえ、ぼくの心臓がどくんと嫌な音をたてた。

『私《わたくし》、四條小夜子ともうします』

「はい…」

無理やり唾を呑み込んで答える。

「四條さん、慎一に話があるんです。替わってもらえますか？」

動揺を押さえ込んで、ぼくはなるべく冷静に言った。

『ごめんなさい、あの人もう寝てしまって』

さり気なくそう言った彼女に、ぼくは声が震えないように大きく息を吸い込んだ。

「…かまいません、起こしてください」

『でも…、慎一は、あなたと話をしないと思います』

「どういう意味ですか…？」

すまなそうな彼女の口調に、ひどく嫌な気持ちになる。

『私も、恋人のあなたには…本当に申し訳なく思っています』

「…な、なに言って…慎一を出してくださいっ」

気の毒そうに言われて、頭から血の気が引いていく。

『ごめんなさい…、慎一は私を選んでくれました。これから私と一緒に暮らします…。これは、ふたりで相談して決めたことなの。彼、とても優しいから、あなたに悪いことをしたって…、だから私が代わりに電話を…』

「そんなっ！　嘘だ…慎一を出してください！」

こらえきれずに、ぼくは拳を握って声をあげた。

「…慎一は…そんな大事なこと、他人に言わせるような卑怯な人間じゃないっ！」

一気に言ったぼくに、彼女は受話器の向こうでそっとため息をついた。

「ぼくは…、慎一を信じています。彼を出してください」

彼は、そんな人間じゃない…絶対に自信がある。

なのに顔は青ざめて、緊張にこめかみがズキズキしていた。

『…信頼を裏切ってしまったことに、彼はとても苦しんでいるの…。そんなふうに、あなたが彼を責めるなら…私が代わりにお話しします』

「そんなっ…、責めたりしません…ぼくは慎一と直接話を…」

『…では、直接、彼の口から『別れたい』と言えば、あなたは別れてくれるのね…？』

「…え？」

ふいに彼女の声が明るくなって、ぼくは受話器を握りしめたまま目を見開いた。

『彼、あなたは自分を愛してるから絶対別れないって…悩んでしまって。よかったわ、どうお願いしたらいいか、わからなかったの…』

ホッとした口調で話し始めた彼女の声が、だんだん遠くなっていく。

——…いったい…この人は、なんの…誰の…話をしてるんだ………。

茫然と首を振りながら、息苦しくてめまいがする。

ぼくの知っている慎一は、そんなことを言う人間じゃない。

直接彼と話ができさえすれば、彼女が嘘をついているのがわかる。

『だったら私、もういちど慎一と話をしてみます。もちろんお部屋も…あなたには新しい物件をご用意いたします』

「待ってください…！」

——そんなこと…、絶対に嘘だ………！

『不足があれば、ご希望に添うように…』

「何もいらないっ、慎一を出してくださいっ!!」

『ごめんなさい…』

ぼくが大声で怒鳴ったとき、彼女の謝罪の声を残して電話がぷつんと切れた。

受話器からツー…という無機質な音が聞こえる。でも耳の奥には、さっきの彼女の声がずっとこびりついていた。

『…彼、あなたは自分を愛してるから絶対別れないって…悩んでしまって…』

「絶対…ありえない。そんなの、慎一じゃない…」

あまりにあからさまな嘘に、笑いが漏れる。

ほんの一日足らずで、彼がぼくと別れたいと思うなんて、ありえない。

でも…、彼女は慎一が初めて真剣に愛した人で、十年も、ずっと忘れられなかった人だ…。

『いい女だったよ、あのときのおれには最高だった』

思い出を語るとき、彼は懐かしそうに目を細めていた。

そして現在《いま》も、彼女はとても魅力的で印象的で…完璧に美しい…。

「信じなきゃだめだ…。慎一は、絶対ぼくを愛してる」

自分に言い聞かせるように、しっかりと呟く。

笑顔で言ったつもりなのに、暗い窓には、怯えた自分の泣き顔が映っていた。

◇◆◇

朝を待って、ぼくはホテルに電話をかけた。

慎一と彼女の名前を出して、まず先日泊まったホテルに尋ねてみた。

『大変申し訳ありません。あいにく当ホテルに、その御名前でご宿泊のお客様はいらっしゃいません』

親切な応対で、ていねいな返答が戻ってくる。

他にも最高ランクと思われるホテルを何軒か当たって、途中でやめた。

もし泊まっていたとしても、客が取り次がないよう言ってあれば、同じ答えが返ってくる。

疲れた目を擦って、じゅん先生の自宅に電話した。

『わあ、ひかるくん？　お久しぶり～』

「栄子《えいこ》さんですか？」

留守録の不在メッセージだと思っていたのでホッとする。明るい声で出たのは、じゅん先生のアシスタントの女の子だ。

「あの…、じゅん先生に連絡取りたいんですけど、宿泊先のホテルとかわかりますか?」

なるべく、さり気なく聞いてみる。

『え〜と、今回の取材旅行で泊まってるとこですよね? たしか向こうのお友達のとこに泊まるって言ってて…連絡ボードにメモがないけど…書斎かなぁ』

電話を持ったまま、移動しているらしい。

『あたし達もきのうまで京都に旅行してたから、じゅん先生とは入れ違いなんですよ。もう…じゅん先生、私達への連絡も忘れてるし』

紙をガサガサ動かしながら、栄子さんが困った口調で笑う。

『じゅん先生、今度ミステリー書くんですよ。やる気満々で今回の取材も楽しみにしてたんだけど…、頭いっぱいで他のこと放ったらかしで』

「…わからないなら、いいんですけど」

『わからないっていうか…いま先生のデスクが嵐の去った後《あと》みたいな状態で…。ごめんなさいね、見つかったら連絡すればいいかしら?』

「はい、わかったらでいいですから」

苦労しているらしい栄子さんに、ぼくはていねいにお礼を言って電話を切った。

でも、受話器を置いたとたん、どうしていいのか…わからなくなる。

「何か、しなくちゃ」

ぼんやり座っていると、思考がどんどんマイナスに向かっていく。

そのまま慎一のアトリエに行って、ぼくはアドレス帳を調べてみた。どこかに彼女、〝四條小夜子〟の手がかりが、あるかもしれない。

いくつも引き出しを開いて、書類の束を一枚ずつ眺める。彼はプライベートな日記を付けないので、ぼくがデスクを整理しても怒らないと思う。

仕事関係の書類やアドレス、彼の親しい友人関係は、ぼくが知っているものばかりだ。

出てくるのは彼の絵ばかり…。自分は絵描きだという彼は、毎日当たり前のように絵を描いている。テレビを観ながら、ぼくと喋りながら、楽しそうに鉛筆を動かしている。

スケッチブックや紙に描いたイラストや、コピーの裏にらくがきのように描かれているキャラクター設定。事務用キャビネットの深い引き出しから、自分《ぼく》の絵が描かれたスケッチブックが何冊か出てきて、少しの間、つらいことを忘れて見入ってしまった。

個展に出した『眠り・やすらぎのとき』という油絵の下絵だ。鉛筆でていねいに描かれているものが多い。熟睡しているぼくだったり、彼にもたれて目を擦っていたり…、幸せそうに眠っている表情だったり…。

『おれのそばで、安心して眠ってるおまえがいいんだ』

寝顔ばかりで文句を言ったぼくに、彼は笑ってそう言っていた。

他にも泣いたり怒ったり…いろんな表情がある。でも彼の描くぼくの顔は、どれもみんな幸せそうに見えた。

底の方にある古いスケッチブックを持ち上げたとき、一枚の絵が抜け落ちた。

薄い紙に描かれた、見覚えのある絵は慎一が高校生のときに描いたものだ。

青い月光を浴びて、夜の海をゆく孤独の帆船……。

『出航』という題名のその絵から、いまもまだ彼女を失ったときの深い絶望が伝わってくる。

しばらく眺めたあと、そっと帆船の絵をデスクの上に置いた。

一度、自分の部屋に行って、ぼくは一枚の絵を持って戻ってきた。

破ったスケッチブックに描かれた、『港』という題名の絵だ。暖かい色調で彩色されたこれは、『出航』と対になっている。

『ここは、おれが帰りたい場所だ…』

慎一はそう言って、この暖かい港の絵を指さした。

『おれは、ここに戻ってくるから…、これは、おまえが持っていてくれるか?』

彼はひどくまじめな表情で、ぼくにこの絵を差し出した。

いつもと違う、彼の不器用なプロポーズが嬉しかった。

絵描きの彼が、エンゲージリングの代わりにぼくにくれた、大切なもの…。

ぼくは、その絵を帆船の横に並べて置いた。

帆船《かれ》は孤独の航海の終わりに、必ず『港《ここ》』に戻ってくるから…。

◇◆◇

夜明け前、ぼくはソファで膝を抱えていた。

テレビは、衛星放送の映画チャンネルを流しっぱなしにしてある。

ときおりぼんやり見入っても、何も観《み》えていない自分に気づいてため息をつく。

今日は十二月二十九日だ。クリスマスに慎一が出かけて、もう四日経った。

うまく眠れない…、目を閉じてまどろみかけると、嫌な夢を見る…。

食事だけはとらなくちゃと思っていたのに、何か口に含むと、気持ちが悪くて吐きそうになった。しまいにコーヒーもだめになって、水を少しずつ飲んだ。

電話を待って部屋にいると、一日は長い。

日が暮れてから、夜明けまでが、気が遠くなるほど長い……。

「どうしよう…」

テーブルの上には、冷めたコーヒーが残ったマグカップが置いてある。

「どうしたら、いい…？」

赤くなった目を擦って、誰に問いかけるでもなく呟く。

きのうまで、ぼくは少し自信を持っていられた……。

今日は、ふたりで実家に出かける予定だったからだ。

彼は誠意を持って、ぼくの両親に話をすると言っていた。ふたりで一緒にいることを、一生をともにすることを…。ぼく以上に慎重に考えて、彼が決めたことだ。それがぼくの両親を悲しませることも、彼はよく知っていて緊張していた。

だから今日は、ぼくらにとって、勇気がいるとても大事な日だったのだ。

なのに、深夜にかかってきた電話は、慎一ではなく彼女からだった。

『…彼は、私と一緒に暮らします…』

彼女は悲しそうに言った。

「慎一を、出してくださいっ」

もう…、自分の声が泣き声に聞こえた。

『お願い、なんでも差し上げます。だから、別れて…彼のことを忘れて…』

「…慎一に…会わせてください……!」

大声で怒鳴ったのに、喉が詰まって声が掠れる。

『…別れてください』

そう言ったとき、彼女はもう同情も謝罪もしなかった。

『そちらに弁護士を行かせます』

無機質なほど冷たい最後通告で、通話が切れた。


「おかしなこと、考えちゃ…だめだろ」

でも頭は勝手に、あらゆる嫌なことを想像してしまう。

『おまえは、おれのものだ』

慎一の言葉も、傲慢な独占欲も嫉妬も…、ぼくには嬉しかった。そこまで自分を愛してくれているのだと思えば、なんでも許すことができる。

『おれから逃げるな』

最初、逃げ腰だったぼくに、彼はいつも命令口調で繰り返した。ときには焦《じ》れて悔しそうに、ときには冗談めかして…。

でも、その言葉の奥にあるのは、愛する人を失ったときの恐怖だ…。

もしかして、小夜子さんが言うように、慎一は本当に愛していた彼女と再会して、ぼくの存在が重くなってしまったのかも…。彼女が言うように、ぼくを誠実に愛していたから、自分の口から残酷な別れを告げるのが、苦しいのかも……。

幸せな家族に憧れている慎一にとって、彼女は理想で、ぼくは…邪魔になったのかも…。

そう考えただけで呼吸が乱れて、胃がぎゅうと痛んだ。

「慎一は、何も言ってない」

詰まった喉から声を押し出して、ぐっと唇を結ぶ。

――まだ、彼の口から、何も聞いてない…。

首を振ったとき、知らずに目から溢れていた涙が、手の甲にぽたぽたとこぼれ落ちた。

でも…、もし慎一と会ったとき、顔を逸らされて「ごめん」と言われたら、「ひかる、許してくれ」と言われたら…、ぼくは、自分がどうなってしまうのか、わからない………。

部屋を出るために、ぼくはのろのろとコートに袖を通していた。

慎一を待って、もう四日目だ。いくらなんでも、このまま部屋で待つだけじゃ、だめだ…。

「なにか、しなくちゃ…」

部屋にいると、考えすぎて頭がぼんやりしてくる…。

コートのポケットにケイタイを入れたとき、指先に紙片が触れた。出てきた名刺を見て、ぼくは考える前に電話をしていた。

パーティの前、松村がぼくのポケットに勝手に入れたものだ。たったいままで、彼の存在をすっかり忘れていた。

「松村…？」

『ひかるくん？』

すぐにつながった携帯電話から、松村の驚いた声が返ってきた。

『電話をくれるなんて嬉しいなぁ、どうしたんですか？　この前の話？』

「うん、松村に…聞きたいことがあるんだ」

電話をしながら、ぼくは額を押さえていた。

『もしかして、風見先生そこにいないんですか？』

「…うん」

隠す気力もなく、答えた声が沈んでしまう。

「一方的で悪いけど…、待ち合わせしたい」

『…いま部屋ですか？　じゃ、三十分後にマンションの前で待っていてください』

「…うん」

考えるのもおっくうで、ぼくはそう返事をした。

電話を切ったあと、ぼくは待ちきれずにマンションの外へ出た。

うまく頭が回らずに、大きめのショルダーバッグに、必要なものだけ詰めてきた。

早朝なのに空は薄暗く、みぞれ混じりの雪がちらちらと舞っている。気温は低いらしく、吐く息が白くなる。でも、頬や身体は火照っていて、あまり寒さは感じなかった。

「これから、なにをするんだっけ…」

空を見上げて、ぼんやりと呟く。

外に出たら寒さで頭がはっきりすると思ったのに、思考に霧の膜がかかっているようで、ひどくもどかしい。

部屋を出た自分の行動がまともなのかどうかも…、判断できなかった。

『彼はあなたと別れたいの…別れて…、弁護士を行かせます』

あの部屋にいると、頭の中で彼女がずっと囁いてくる。

慎一は、そんなこと言ってない。彼女が言っているだけだ……。

だから…弁護士と、別れる相談なんかしない。

何もいらない。

慎一に会いたいだけだ…、ぼくは慎一に会いに行く…。

『彼を苦しめないで…彼と別れて…』

部屋を出てきたのに、まだ幻聴が耳にこびりついている。

「…いま、ひどい顔してるだろうなぁ…」

ぼくはひとり言を漏らして、潤んだ目を拭った。

部屋を出る前、身支度を整えて鏡を見たとき、自分の顔を見てつらくなった。

泣きはらした赤い目、ひどく疲《つか》れて血の気のない青ざめた顔…。

慎一が、こんなひどい顔を見たら嫌いになる…。そう思ったとたん悲しくなって、ぼくはざばざばと顔を洗った。

彼女は涙をこぼしていても、あんなに美しかったのに…。

これ以上目が潤まないように唇を結んで、ぼくは灰色の空から降ってくる雪を一生懸命見つめていた。

目の前に赤のアルファロメオが停まったとき、どうして自分の前に車が停まるのか、一瞬意味がわからなかった。

「ひかるくん、急いで乗ってください」

運転席から降りてきた松村が、ぼくの頭や肩を払う。いつの間にか積もっていた雪が、歩道に落ちていった。

「いつから外に立ってたんですかっ？　顔色悪いよ、どうしてこんな状態に…」

松村が焦って、ぼくを助手席に座らせる。

「具合の悪いきみを放って、彼はいったいどこに行ってるんだっ！」

「…わからない」

腹立たしく怒鳴った松村に、ぼくはひとり言のように呟いた。

「松村…暑い」

ドアが閉まると、車の中がひどく暑くて、意識がボ〜ッとしてくる。

「ヒーター切って…」

胸を押さえて頼んだ。息苦しくて、気持ちが悪い…。

「ヒーターつけてませんよ…、ひかるくん…!?」

松村がのぞき込んだとき、急に車の中が暗くなって何も見えなくなった。

◇

金色に輝く夕陽が、水平線の上に浮かんでいる。

波間はまぶしく煌めいて、砂浜はどこまでも続いていた。

「慎一…」

「うん?」

名前を呼ぶと、彼は笑って答えてくれる。

「慎一…、ねえ、慎一」

つないだ彼の手が温かくて、ぼくは嬉しくて何度も呼んでみた。

「どうした、ひかる？」

そのたび彼は、優しく微笑んで応えてくれる。

遥かに続く海岸には誰もいない。歩いているのは、ぼくと慎一のふたりだけだ。

ぼくを見つめる彼の輪郭は、夕陽を背にして金色に縁取《ふちど》られている。

水平線にある夕陽に向かって、海の上にきらきらした光の道が伸びていた。

ふたりでいる世界は、とても静かで暖かい色をしている。

「あのね慎一、ぼくさっきね…」

「ああ」

彼の手をしっかり握って歩きながら、ぼくは少し笑って言った。

「慎一が、どこかに消えちゃった夢を見たよ」

こんなに見通しがいい海岸で、慎一を見失うなんてどうかしてる。

「おかしいよね」

彼はぼくの隣にいて、ちゃんと手をつないでいるのに。

「ねえ、慎一？」

答えがなくて、ぼくは彼を振り返った。

「…慎一っ!?」

そのとき、つないでいた手が空《くう》を切って、掌から温もりが消えた。

ぼくの目の前には、誰もいない海岸がどこまでも続いている。

「あ…」という形に口が開いた瞬間、ぼくの唇から恐怖の悲鳴が噴き出した。


「…うあぁ…いやだっ!! しんいち…っ、慎一――っ!!」

「ひかるっ、落ち着いて!」

手を伸ばして跳ね起きたとき、肌が総毛立って全身ががくがく震える。

「慎一…!」

腕にきつく抱きしめられて、ぼくは目の前の胸に必死にしがみついた。

胸の温かさに涙が溢れて、重なってきた唇に目を閉じて夢中で口づける。

長いキスのあと、目尻や頬を優しく唇が撫でていく。強ばっていた身体がほぐれて、ぼくは大きく息を吸い込んだ。唇から、ゆるい息が漏れる。

「…落ち着いた?」

耳元で声がして、背中に回った手が優しく髪を撫でる。

「…うん」

答えてから、彼の胸に顔をうずめて、微かに落胆の吐息を漏らす。

周りを見回すとオフホワイトの壁の小さな部屋で、どこかの病院の個室らしかった。白いセーターの袖がまくられていて、腕に点滴の針が刺さっている。チューブがベッドの脇に吊った点滴パックに伸びていた。

「取り乱してごめん、松村…」

大きく息を吐き出して、ぼくは彼の胸を押して身体を離した。

「迷惑をかけたみたいで…」

「いいですよ、少し横になって。点滴に時間かかりますから」

松村はそう言って、ぼくの背中を支えてベッドに横たえてくれた。

彼は大学四年だが、スーツを着ているので今日は仕事だったのかもしれない。松村は父親の経営していた三軒のレストランのマネージャーをしていて、いまは売り上げを伸ばした功績で経営権をもらって社長になったと言っていた。

「六時間くらい眠ってたけど、けっこう顔色よくなりましたよ。熱も下がってる」

「ありがとう」

額に置かれた手に、ぼくは素直に頷いた。

点滴のおかげか、いまは喉の渇きもなく、ズキズキする頭痛もなくなった。

「診断は、栄養失調と風邪と、心労だそうですよ。僕なら…きみを、こんなになるまで放っておかないけどな」

「松村、聞きたいことがあるんだ」

ぼくがそう言ったとき、彼は寂しそうにため息をついた。

「前に言ってた『彼女』のことですよね？」

ぼくは横になったまま、素直に頷いた。

「風見先生、その人のところに行っちゃったんですね？」

ぼくの枕元に両肘をついて、松村がまじめな顔で尋ねる。

「……うん」

答えたとき、またじわっと視界が滲んで、松村がハンカチをくれた。

「ひとりで悩まないで、もっと早く僕に連絡してくれたらよかったのに…」

「…ごめん、利用して」

あくまで親切な松村に、ぼくはまじめに謝った。

どんなに松村が好意を持ってくれても、けして応えられないのに……。

「お礼にキスさせてくれたら、嬉しいけどな」

「……」

「冗談です、さっきお礼はもらっちゃったし、こんなに近くで顔を見て話せるだけで、じゅうぶん満足ですよ。だって、いつもはきみ、僕を見ると顔が強ばってるから、こんなふうに頼ってもらえるだけで幸せになっちゃいますよ。『大嫌い』から、『キライ』になるだけでも昇格したってことで…」

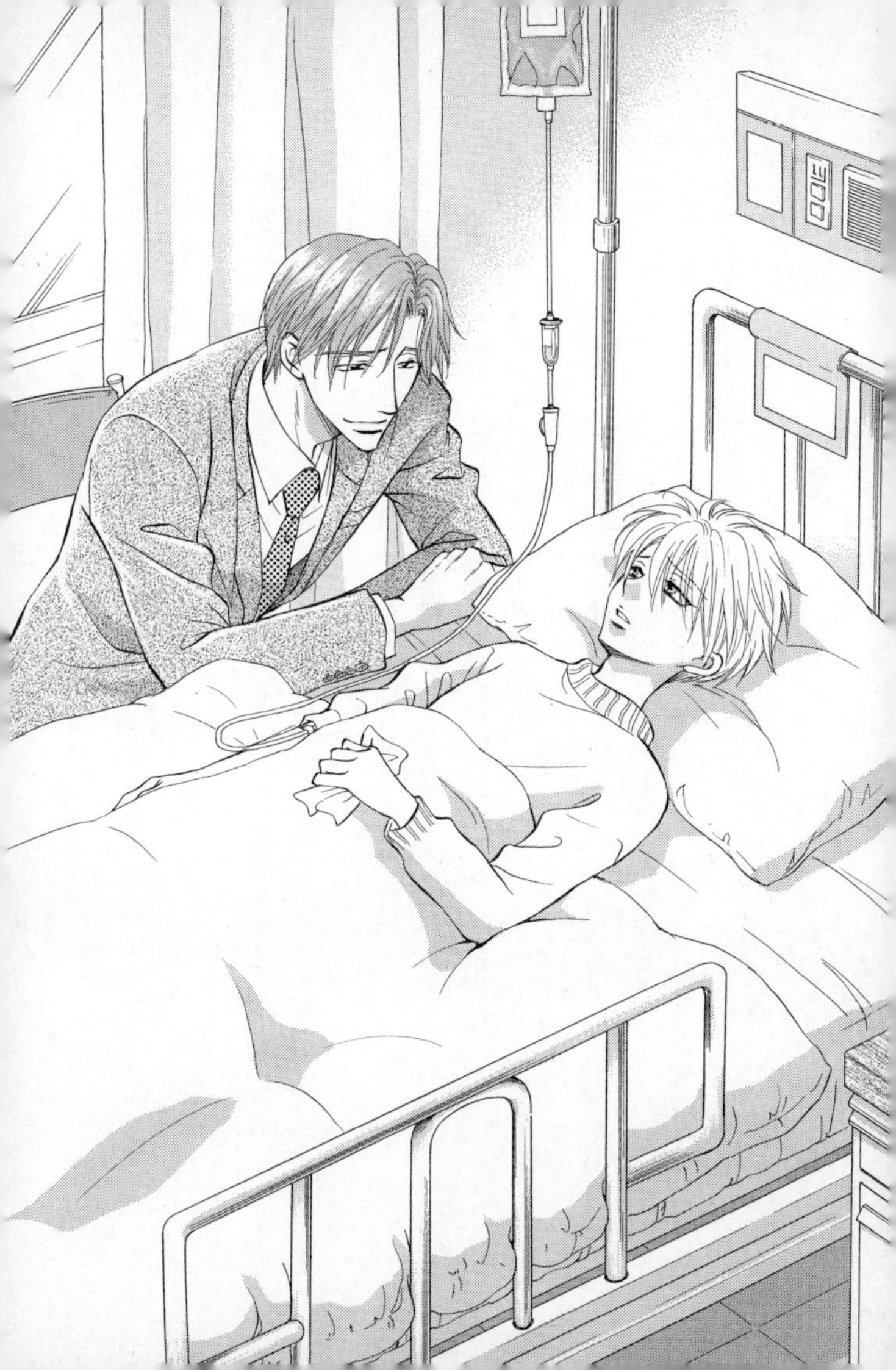

黙り込んだぼくに、松村があわてて弁解する。

「…嫌いじゃないけど、ごめん」

まじめに考えて、まじめに謝った。

以前監禁されかけた相手を、こんなふうに思えるなんて自分でも信じられない。

内心どう思っているのかわからないけど、松村はぼくに対して約束を守っていて、誠意ある対応をしてくれる。

いま、松村の好意に甘えて酷《ひど》いことをしているのは、ぼくの方だ…。

「いいんです、怯えられないだけで、僕はじゅうぶんですよ」

ふうっと息を漏らすと、松村は笑顔で頷いた。

「じつは彼女のことは、もう調査してあります」

「ホントに!?」

驚いて起き上がろうとしたぼくを、松村が手で制した。

「彼女の所有しているマンションも、わかります…。聞きたいですか?」

「うん、教えて」

「教えますけど、ひとつ条件があります」

「…条件?」

目を瞬いたぼくに、松村はゆっくりと頷いた。

「もし風見先生が彼女を選んで、きみを捨てたら……」

その言葉を聞いた瞬間、背筋が凍りそうになる。

「ぼくと付き合ってください」

ひどく真剣な表情で言った松村に、ぼくは目を見開いたまま動けなくなった。

◇◆◇

夕方、彼女のマンションに着いたとき、ぼくはタクシーの運転手に心配されるほど青ざめていた。

建物は三階建てで、都心にありながら、広い敷地には緑の木々が残されている。

「ここに、慎一と…彼女がいる…」

会いたい…けど…恐い。

一度も電話に出なかった慎一が、何を思っていたのか…考え始めると身体が震えて、恐ろしくて逃げ出したくなる。

暗い空に建つマンションを見つめて唇を結ぶと、ぼくはショルダーバッグを肩に掛け直した。

『医者の命令ですから、今日一日は安静にしてくださいね。明日は僕が送っていきます。僕がふたりと話をつけてもいい…』

松村にそう言われても、もう待てなかった。

どんな結果になっても、ぼくはひとりで会いに行く。

彼が席を外したとき、ぼくはそっと心の中で謝って病院を抜け出してきたのだ。

病院で、ぼくは松村の出した条件を断った。

「だったら、きみには、ふたりの居場所はわかりませんよ」

悔しそうに言った松村に、ぼくは黙ってベッドから起き上がった。

「待って！　どうしてなんだっ!?　僕は…卑怯なこと言ってないでしょう！　そんなに…そんなに僕が嫌いなんですか…？」

点滴の針を外そうとしたぼくの腕を摑んで、松村が泣きそうな顔で言った。

「…嫌いじゃない、いまは…感謝してる」

「じゃあ、どうして!?　風見先生が彼女を選んだらでいいんだっ！　僕はもう…きみに嫌なことはしないいっ、絶対に、約束するから…」

部屋を出ようとするぼくを、松村が後ろから抱きしめた。

「僕は、本当にきみのことが好きなんだ…っ!!」

怒鳴った松村の声が震えていて、ぼくの方が泣きそうになった。

「松村…ごめん…」

「ずっと、好きなんだよ…！　ちくしょう…、なんで僕じゃだめなんだ…っ。なんであいつなんだよ、恋人を悲しませても…平気な奴じゃないか!!」

「…ごめん…」

松村の苦しい告白を聞きながら、目の前が滲んで喉が詰まってくる。

「ぼくは…もう、慎一しか好きになれない…」

「ひかるくん…」

うつむいて震えているぼくに、松村も声を詰まらせた。

「きみを…苦しませたいわけじゃないんだ。でも…もし、風見先生が彼女を選んだら、ふたりは結婚することもできる。子どももできる…。そうしたら、もうなんの望みもないんだ…。あきらめないと、つらいだけだよ」

「うん…」

考えただけで、涙が溢れて止まらなくなる。

「でも…、ぼくは慎一を愛してるんだ…ずっと…一生…」

自分の唇が、うわごとのように呟いていた。

ぼくは変わらない、ぼくは、愛してる…。

「きみは…頑固だなぁ…」

背中で、松村がぽつんと呟いた。

「本当に、自分でも悲しくなる…どうして、こんな人好きになっちゃったんだろう…」

ぼくの肩にもたれて息を吐きだすと、彼は静かにそう言った。

「僕も、そんなふうに、きみに愛されたいよ…」

「ごめん、松村…」

初めて弱音を漏らした松村に、胸が痛くなった。

ぼくをベッドに寝かせて、彼は向かいのイスに腰を下ろした。

「僕が、本気で好きなこと、覚えていてください」

彼は目頭を擦ると寂しそうに笑って、ぼくの手を握った。

「彼女、小夜子・クリフォードは二十九歳で、現在イギリス在住です」

松村はぼくに、知っていることを話してくれた。

「旧姓が四條ですね、元華族のお嬢さんです。十年前にイギリスの資産家と結婚して、二年前、夫のジョンソンが亡くなって未亡人になってます…それと彼女には…」

彼は一度言葉を切ると、ぼくを見つめて少し躊躇《ためら》った。

「九歳になる男の子がいます」

「…九歳の子ども…？」

聞いたとたん、首筋がふわっと粟立った。

「…ふたりが出会ったの、十年前ですよね？　十六歳と十九歳で恋愛したのなら、もしかしたら…」

──まさか…慎一の………!?

青ざめて震えたぼくの手を、松村が強く握った。

「ひかるくん、彼女が結婚したのもその頃だから、確証はないですよ」

「…うん」

なんの確証もない…。そう必死にうち消そうとしても、彼女からの電話が耳に蘇る。

『…彼、あなたは自分を愛してるから絶対別れてくれないって、どうしたら別れられるか悩んでしまって…』

いくら過去に真剣に彼女を愛していたとしても、たった一日足らずで、慎一がそんなことを言うはずがないと思っていた。

でも、もし、彼の子どもだったとしたら……。

ずっと憧れていた本当の家族を……彼は手に入れられるんだ……。

◇◆◇

マンションの前で何度も胸を押さえて深呼吸し、目が潤みそうになるのをこらえた。

インターフォンで確認して、彼女がドアを開いた。

──しっかりしろ……っ！

「いらっしゃい、月充さん」

緊張で青ざめているぼくを、彼女は微笑んで招き入れた。

少し高台にあるのか、夜景の見える居間のソファに案内されて、ぼくは部屋を見回した。

「座ってちょうだい」

ぼくにそう言って、彼女は優雅な動作で向かいのソファに腰を下ろした。

「あなたには、ひどいことを言ってしまって、本当にごめんなさい」

「慎一に、会わせてください」

上品に膝で手を揃えた彼女に、ぼくは唾を呑み込んで慎重に言った。

「紅茶でも召し上がる？」

ぼくの問いに答えずに、彼女は目を細めて首をかしげた。

「紅茶を淹《い》れるわね」

彼女は…、たしかに美しいと思う。

白磁のような肌に、紅をひいた形のいい唇。陽に透けると琥珀に見える印象的な色の瞳。エレガントな青いドレスを着ている彼女は、その容姿では年齢がわからない。妖艶な大人の女性にも見え、柔らかく盛り上がった胸元、ほっそりした少女めいた肢体。

と
きとして、精緻に創られたビスクドールのようにも見えた。

たとえ過去のことでも、彼がこの女性《ひと》を抱いたのだと思うだけで…、胸が苦しくなる。

再会した現在《いま》、慎一がこのきれいな人に口づけて…腕に抱く…、そう考えただけでひどく感情が揺さぶられた。

彼女は女性で、しかも完璧な美貌だ…。彼女を前にすると、いったい自分《ぼく》になんの魅力があって、彼が付き合ってくれたのかさえ…わからなくなる。

不安に呑み込まれそうになりながら、ぼくは臆さないように拳を握りしめていた。

「彼は、どこにいるんですか？」

「…ここにはいません」

「お願いです…ごまかさないでください」

微笑ではぐらかす彼女に、ぼくは苦しいため息をついた。

「ぼくは、慎一の恋人です…。彼に会う権利があると思います」

「…彼は、私の恋人だわ。会わせない権利もあると思うのだけど…」

まじめに言ったぼくに、彼女は冷たい口調で答えた。

「私、あなたにいじわるよね…嫌な女でごめんなさい」

少し視線を落として長い睫毛《まつげ》を瞬く。

「…でも、彼を愛しているの。本当に大切なのよ…」

顔を上げた彼女は、そう言ってすまなそうに微笑んだ。

「小夜子さん…、どうして？　あなたは十年前に慎一を捨てたんでしょう？」

慎一に忘れられない心の傷を刻んで、いまごろ現れるなんて…卑怯だ…。

「違う…別れたくて、別れたんじゃないの…。あのときは、何か伝えるひまもなくって…私、車に乗せられて家に連れ戻されてしまったのよ」

「だったらっ、そのあと電話でも手紙でも方法が…」

「……月充さん、あなたはとても幸せな人だわ。自由に恋愛ができて、慎一と一緒に暮らせて」

「どういう意味ですか？」

ぼくが眉をひそめると、彼女は目を細めて、慎一と再会したときに見せた不思議な微笑を浮かべた。

「あなたは、彼と暮らして幸せだったんでしょう?」

質問の意図《いと》がわからなくて、ぼくは微かに首をかしげた。

「だから今度は、私が慎一と幸せになりたいの」

「…ぼくは…、彼を愛しているんです」

彼女の微笑に、胸が息苦しくなってくる。

「ねえ、あなた彼の口から聞きたい?」

青ざめて顔を上げているぼくに、彼女は静かな口調で言った。

「もっと大事な人ができたって、もう、以前のように愛していないって…ごめんって…。あなた耐えられる?」

彼女は目を細めて、まぶしそうにぼくを見つめた。

もし、慎一に面と向かって言われたら…、ぼくは…………。

「彼から聞くには、残酷な言葉でしょう?」

そう言った彼女は、目を瞬いて悲しそうな表情で囁く。

「言われたら…、とてもつらいわよね?」

わがままな子どもをなだめるように言われ、喉の奥が熱く詰まってしまう。

──ぼくは…耐えられない…きっと、おかしくなる……。

同情に目を潤ませる彼女の前で、ぼくは溢れてくる涙を止められなくなった。

「…でも、ぼくは…彼を…愛して…る…」

見苦しく掠れた、嗚咽まじりの声が漏れた。膝で握った拳に、ぽたぽたと涙がこぼれ落ちる。

「…愛してるんです」

こんなに憐れまれているのに、泣きながらそう言っている自分が、それしか言えない自分が、頑固で…滑稽で悲しい…。

「…子どもが九歳になったのよ。私達、これから三人で幸せになりたいの…」

彼女は喉を詰まらせて、涙を浮かべた瞳でぼくを見つめていた。

◇◆◇

寒々としたビルの谷間に、音もなく白い雪が降り続いている。

ぼくは、ショルダーバッグを肩に掛けて、どこかの雑踏の中を歩いていた。

うつむいて歩いていて、ときおり身体がぐらりと傾くのは、誰かにぶつかっているのかもしれない。

自分の周りで、何が起こっているのかわからない。

いま、自分が何処に向かっていて、なにをすればいいのか…わからない……。

「慎一に…会いたい……」

疲れきった頭を振ると、唇から呟きがこぼれる。

「だって…ぼくは、まだ彼の口から、何も聞いていない」

呟きながら、また目の奥がじわっと熱くなってくる。

「探さなきゃ…」

でも、彼女の部屋を出たときからずっと…目に映る景色が滲んでいて、ぼくは彼が見えないかもしれない。

もし見つけられなかったら……一生……会えないかも……しれない……。

そう考えたとたん、指先から全身に激しい震えがきて、恐怖に気が狂いそうになる。

「……いやだ……そんなの……だめだ……だめ……」

かちかち鳴る歯の隙間からは、掠れた涙声が漏れた。

「ぼくは、慎一に会いに行く……」

まだ頑《かたく》なに、ぼくはそう思ってる。

会って彼に別れを告げられるのが、こんなに恐いのに……。


さっき、感情を鎮めるために目頭を押さえていたぼくに、彼女はハンカチを差し出した。

「ごめんなさい」と本当に悲しそうに言った。

「互いに名前しか知らなかったのよ……。雑誌で彼の写真を見て、サングラスをかけていても、私すぐに……わかったの。だから個展に……会いに行ったの……。ずっと……会いたかったの……」

嗚咽まじりの彼女の言葉から、深い悲しみが伝わってきた。

「彼は……、私が初めて好きになった人なの……」

そう言った彼女の瞳から、大粒の涙が溢れてこぼれ落ちた。

「自分の意志で父に逆らうなんて、考えられなかった。慎一を好きになるまで私、自分が不幸だなんて気づきもしなかったのよ…」

哀しそうに微笑んでいた。

厳格な家に縛られて、それを当たり前に受け入れていた彼女が、初めて自分で選んだ相手だ。

「彼のところに行こうとして、そのままイギリスに連れて行かれてしまって…、結婚して…。でも、ずっと好きだったの…」

淡々と話す彼女の目から、きれいな涙がこぼれ落ちていく。

「ふたりでいたのは、たった二週間だけど…私達は深く愛し合って…、相手しか目に映らないくらい、互いの存在がすべてだったのよ」

少女のように思い出を語った彼女は、本当に幸せそうな表情で微笑んでいた。

とても…きれいな女性だ。とても…彼を愛している。胸に孤独を抱えていた彼らは、無意識に惹かれ合ったのだろうと思う。それは恋愛というより、もっと純粋なもので、互いを癒すための大切な時間だったのかもしれない……。

ぼくはずっと…、彼女がもっと卑怯な女性だと思っていた。遊びの恋愛をして、慎一を捨てて逃げたんだと…思っていた。ひどい人だと、許せない人なんだと…思いたかった。

だって、そうじゃなかったら、慎一は彼女を選んでしまうから…。

『子どもがいるの、私達、これから三人で幸せな家族になるの』

家族の愛情を得られなかった慎一に、彼女は暖かい家庭をあげられる。

「ぼくは、慎一に…なにをあげられるんだろう…？」

ぼくは男で、彼女のように美しくもない。

結婚も…できない。子どもも…、彼にあげられない…。

ぼくは、ぼくだけしかなくて…いま、かじかんだ掌《て》の中には、何も持っていない。

ただ、彼を誰よりも…愛しているだけ…。

彼女よりも、もっと…ずっとたくさん…愛してる。

胸を開いて見せることができたら、きっと愛情を比べてもらえる。

でも…、もし慎一がぼくを嫌いになったら、きっと逃げ出すくらいの重い愛情なのかもしれない…。


歩きながら見上げた空から、雪があとからあとから現れて落ちてくる。それは降っているというより、消えるために地上を目指しているようにも見えた。

「…どうかしてるな…」

みじめな気分で、ぼくは白い息を吐きだした。

暗い公園のベンチに座って、ぼくはショルダーバッグを膝に抱えている。

頬の火照りを鎮めるために、目を見開いて空を見つめると、髪に顔に目に、静かに雪が落ちてくる。

目に入ってくる雪はこんなに冷たいのに、いつまでも目の奥が熱くて困ってしまった。

「こんなとこに、いるわけないだろう…？」

自分を責めるように呟いて、潤んだ目で笑ってしまう。

ベンチに座っていると、コートを着ていても身体が冷えてきて、頭がぼんやりして思考がまとまらなくなった。

さっきあてもなく歩いてきたのに、ぼくはいつの間にかこの公園の入口に立っていたのだ。

白っぽい街灯が、遊歩道にぽつぽつと灯っていた。

ここは、彼と二度目に会った公園で、ぼくにとっては大切な思い出の場所だ。天気のいい日に、ふたりで一緒に散歩にきたこともあった。

「慎一…」

呟いたとき、ぼくはなんの理由もなく、彼は絶対ここにいるんだと思った。

急いで遊歩道を奥に走りながら、ドキドキしながら噴水前のベンチを目指す。

「いるわけないよ…」

誰もいないベンチを見たとたん、ぼくは自分の行動がおかしくて笑ってしまった。笑いながら、泣いてしまった…。

こんなに寒い深夜の公園なんかに、慎一がいるわけがないのに…。

白い街灯に照らされたベンチには薄く雪が積もり、その向こうの噴水は氷が張って、より寒々として見えた。

雪を払って腰を下ろしたのは、ちょっと疲れてしまったからだ。

なんだか、いろいろ疲れてしまって、身体が鉛のように重かった。

一度、部屋に戻って、自分の荷物を片づけた方が、いいだろうか……。

なんとなくそんなことを考えて、目頭を押さえる。

「ぼくは、どうしても慎一に会いたいんだ…」

会って…、彼に確かめて、どんな答えをもらっても、好きだって言う…。

彼がぼくを避けたいのなら、とても迷惑なこと。本当に愛していてくれたぶん、目の前でわがままを言われたら、彼だってつらいだろう。

「ぼくは…慎一を責めたりしない」

慎一が幸せになることを、けっして責めたりしない。それで、彼の心が満たされるなら、温かい家庭を手に入れるのなら、それでいい。

愛しているんだから、慎一の幸せを願わないと…。

「うそだっ、そんなふうに言えるほど…、ぼくはできた人間じゃない…！」

途中であきらめて首を振る。

ぼくは、うそつきだ。たぶん顔を見たら、何もかも忘れてしがみついてしまう。

彼女のようにきれいな涙も見せられず、大声で泣きわめいてしまうかもしれない…。

一緒にいてほしいって…、別れたくないって…、きっと見苦しくすがってしまう。

――だから…会ってもらえないんだ……。

自分の考えにひどく傷ついて、もうメチャクチャだなと思う。


朝、部屋を出るとき、ぼくは大事なものを持ってきた。

港の絵をスケッチブックに挟んで、大事にショルダーバッグに入れた。あと一緒に持ってきたのは、福山さんが撮ってくれた、ふたりの写真が入った封筒だけ。

彼がエンゲージリングの代わりにくれた『港』の絵は、ぼくの一番大切な宝物だ。これだけは、返せと言われても…絶対に返さない…。

アトリエの彼のデスクの上には、帆船の絵が置いてある。孤独を抱えた帆船は、必ずいつか、この暖かい港に帰ってくる…。そう信じたい…。

凍てついた星空の下で、ぼくは願うように絵を見つめていた。

さっきまで雪が降っていたのに、いま空では雲が切れて冷たい星々が顔をのぞかせている。

広い公園から見る冬の夜空は、都会の一角でも静謐で美しかった。

ぼくは、慎一を愛している。彼の絵も、絵描きとしての彼も、全部ひっくるめて好きだ。

ぼんやりした頭で、それだけは絶対に間違いはないと思う。

慎一も、…きっと…ぼくを愛してる。

だって彼は誠実で、ぼくにはとても甘くて優しい。

いつも、ぼくが幸せになるような言葉と笑顔をくれる。

ふたりで、一生をともにすると誓ってくれた。両親に会いに行こうと言ってくれた。

「ずっと…ふたりで生きようって…言ってくれたんだ…」

震える自分の声が、どこか遠くで聞こえる。

「ぼくは、信じてるんだから…」

『素直そうなのに、おまえは頑固だよなぁ』

ぼくの呟きに、苦笑する彼の表情が浮かんでくる。

「ぼくは素直じゃない…本当は、頑固で意地っ張りなんだ…」

純粋でも、物わかりがいいわけでもない…。

『そんなとこも、おれには可愛く思えるけどな』

ぼくが意地を張っていると、いつも彼はそう言ってなだめてくれた。

暗い電灯の下で慎一の写真を眺めていると、苦しい気分が薄らいでくる。

ここに写っている彼は確実にぼくの恋人で、優しい表情に胸が温かくなった。

A4くらいに引き伸ばされた写真は慎一のアップで、うつむきかげんに目を細めて、嬉しそうに微笑んでいる。一枚目のこれが最高の笑顔だったので、そのまま封筒に戻してバッグに入れてきた。

「これ…なんだよ」

ぜんぶ慎一だと思っていたので、ぼくは落胆の息を漏らした。

二枚目はぼくのアップで、よりによって上を向いてぷんとふくれている顔だ。福山さんが選んだショットだとは、とても思えない。

「こんな写真…いらないのに…」

いったいなにを怒っていたのか、子どもっぽい自分の表情にがっかりする。

三枚目はふたりで寄り添っている写真で、さっきのぼくと慎一のアップは、この写真の顔の部分だけを拡大《トリミング》したものだ。

カメラの前で軽く唇にキスされて、ぼくが怒って顔を上げたときだ。

『いいだろ、おまえはおれのモノなんだから』

『もうっ、慎一ふざけてばっかり』

むうっとふくれて、笑われてしまった。

あのときぼくを見ていた彼の表情が、こんなに優しかったなんて、気づかなかった。

次の写真も、その次の写真も、ふざけて笑っていると思っていた彼が、愛しそうな瞳で自分を見つめていて、嬉しくて…目が潤んでくる。

最後の写真を見たとき、ぼくは唇を結んだまま、しばらく動けなくなった。

両手で持っていた写真が、涙で滲んで見えなくなった。喉の奥に熱い塊があるようだ。詰まった喉から苦しい嗚咽が漏れる。

撮影の合間にソファで休んでいるときの写真で、慎一も撮られたことに気づいていないと思う。眠たくてうとうとしていたぼくを、彼は腕を回して自分の胸にもたれさせてくれた。胸から聞こえてくる心臓の鼓動に安心してか、ぼくは幸せそうな顔で目を閉じている。

大きな手でぼくの頭を抱いて、彼は真摯な瞳でぼくの顔を見つめていた。

笑顔を消したこのきまじめな表情は、前にも見たことがある。

『おれと、ずっと一緒にいてくれ……』

ちょっと不器用にプロポーズしてくれたときの、彼の本当の表情《かお》だ…。

『おれの腕の中で、安心して眠ってるおまえがいいんだ』

寝顔ばかり描かれて文句を言ったぼくに、彼は笑ってそう答えた。

『ひかる、泣くな』

「…ん」

『おれが、いるだろう？』

「…うん」

彼の顔や優しい声を思い出して、視界が滲んで何も見えなくなる。

「……ひかる…」

「慎一…」

幻聴のように聞こえる彼の声に、ますます悲しくなった。

「…ひかる――！」

はっきりと耳に声が聞こえたとき、ぼくは何も考えずに立ち上がっていた。

暗い電灯に照らされた遊歩道の向こうから、慎一が走ってくる。

「うそだ…」

目を見開いて呟く。

「幻覚に…決まってる…」

唇でそう呟きながら、ぼくの足は彼に向かって駆け出していた。

必死で駆けているのに、重い足はいうことを聞かなくて、うまく前に進めない。

「慎一ーっ!!」

喉が裂けそうなくらい、大声で彼の名前を叫んでいた。

――早くしないと、彼は消えてしまうかもしれないのに――っっ！

走っても走っても、自分の動きがスローモーションのように感じられる。夢の中で駆けているようなはがゆさに、悔しくて涙が溢れた。

本当に、前に見た夢のように消えてしまったら、もうぼくは…耐えられない…‼

恐怖に狂いそうになりながら、自分がいまどうして叫んでいるのか、わからない。

「…うあああああ――――っ‼」

「ひかるっっ‼」

目の前に彼の青ざめた顔が見えたとき、ぼくは手を伸ばして彼の胸の中に体当たりしていた。

「しっかりしろっ！」

彼のコートの背中を掴んだ瞬間、回ってきた腕がぼくをきつく抱きしめる。

しがみついた手が震え、膝ががくがくと揺れた。

「ひかる、おれは…」

「…やだ…慎一…いやだっ‼」

何か言いかけた彼を遮って、ぼくは激しく首を振った。

「…好きなんだ…………っ」

ずっと抑えていた感情が噴き出して、痙攣のように全身が震えてくる。

「あの人のところに…行かないで…‼」

驚いて目を見開いた彼にしがみついて、ぼくは泣きながら大声で怒鳴っていた。

◇◆◇

ベッドに下ろされたとき、ぼくは身体が離れるのが恐くて、彼に夢中でしがみついた。

「…やだ…離れたくないッ！」

離れたら、慎一はいなくなってしまう。

手をしっかり握っていたのに、あんなにしっかり握っていたのに、ぼくが振り返ったとき、慎一は消えてしまった。どこにも、いなかった…!!

「落ち着けっ、おれは、ここにいる！」

彼はぼくをしっかり抱きしめて、何度も優しくキスをしてくれる。

「ちゃんと、おまえを抱いてるっ、わかるな？」

濡れたぼくの頬を掌で拭うと、優しく頬を擦りつける。

「ひかる」

なだめるようにぼくの髪や頬に口づけながら、彼は大事なこわれ物を扱うように、そっとぼくの服を脱がせていった。

「もう大丈夫だ、つらい思いをさせて、すまなかった」

「慎一…」

素肌で抱き合ったとき、彼の体温にくるまれて、唇から安堵の吐息が漏れた。

重ねた胸から彼の鼓動が伝わってきて、がちがちに強ばった身体から力が抜けて、少しずつ緊張が緩んでくる。たしかな彼のぬくもりに包まれたとき、冷えきって凍えた身体に、とくとくと温かい血が巡り始めた。

「…おまえを愛してる」

「…慎一…」

愛しそうに目を細める彼の瞳に、喉が熱く詰まって身体が震えてくる。

「誰よりも、おまえが大切だ」

胸から響いてくる真摯な言葉が嬉しくて、涙が溢れて彼の顔が見えなくなった。

「…ぼくも…、慎一を…してる…一緒に…ずっと」

「ああ、これからも、ずっと一緒だ…」

ぼくの切れ切れの涙声に、彼はひどくまじめな声で答えてくれた。

涙を吸い取った唇が重なってくる。

すべり込んできた舌先に軽くつつかれ、ぼくは自分から舌を絡めて夢中で彼に応えていた。

甘えるように唇をついばむと、なめらかな舌がぼくをすくうように搦め捕る。嚙むように舌をしゃぶられて、顔が熱くなるような切ない喘ぎが漏れた。

「はぁっ…ぁ…ん…」

舌の根元がじんと痺れ、音をたてて舌や唇を吸う恋人の甘いキスに、唇の端から唾液が溢れてくる。

「…ひかる」

低い吐息で囁くと、彼はぼくの濡れた唇を味わうように舐め上げた。

「…ぁ…しん…ち」

耳や首筋を舐めながら肌を探っていく指先の愛撫に、ぶるっと震えがくるほど感じてしまう。もっと触れたい、もっと触れてほしい…。彼の肌や唇や指に身体が熱っぽく疼いて、抱かれたい…彼が欲しくてたまらない。

広い胸に頬を押しつけて、ぼくは彼の欲望に指を絡めた。熱い〝彼〟を擦り上げると、ぼくの掌の中でさらに大きく硬くなっていく。

ぼくの愛撫に猛っている〝彼〟に、腰が熱く疼いてくる。

「も…っと…触って…も…っと…」

目が眩む快感に、意識が朦朧としてくる。彼の長い指に揉むように擦られて、ぼくの昂りもどくんどくんと脈打っていた。

「っ…ぁあ…あ」

舌先と指で乳首を責められ、もう腰が切なくて息が弾んでくる。

彼の重い身体の下で、喘ぎながら身悶えてしまう。

「つらかったら言えよ」

彼は潤滑オイルをたらした指を、ぼくの後孔にあてがった。

「…く…ぅ」

窪みに長い指を根元まで埋め込んで、何度も抜き差しを繰り返す。

指を増やされて、裡《なか》をほぐすように掻き回されると、頭が痺れるような快感に自分から腰を揺らしてしまう。

「…ぁぁ…もっと、欲しぃ…っ」

熱に浮かされたように、自分でいやらしく腰を振ってねだってしまう。

彼は空いた手でオイルのボトルを摑むと、弾けそうにぴくぴくしているぼくの昂りに、たっぷりとオイルを注ぐ。ぼくに絡んだ指が、根元から先端まで揉むように擦り上げた。人さし指でぼくの先端を刺激しながら、指の動きが速くなっていく。

「ぁっ…く、ぃ…」

彼の前で足を拡げて恥ずかしい部分を晒しているのに、乱れていくのを止められない。

「…おまえいま…、すげえ…えろい表情《かお》してるぜ」

酔ったような瞳でぼくの顔を見つめて、彼が唇から舌をのぞかせた。

「おまえの、達《い》ったときの顔が見たい…」

「…ん…はぁ」

ぼくを見下ろす欲情した瞳にあてられ、火照った肌がぞくぞくと粟立った。

オイルで濡れた指が、ぼくの昂りと同時に孔の奥まで犯していく。指の動きが、だんだん速く激しくなって、ぼくは切ない喘ぎを漏らしながら、ゆるゆると首を振った。

「ひかる…」

屈んだ彼に耳元で低く囁かれたとたん、腰の奥から熱い快感の波が駆け上がってきた。

「は…ぁ…、ぁっ…ぃぃ…ぃ…ッ」

彼の掌の中で欲望が弾けた瞬間、甘い喘ぎがこぼれて腰がびくびくと痙攣する。

「っ…あ…っん…あ…ッ…」

達して敏感になった身体を責め立てられ、感じすぎて涙がぼろぼろと溢れた。

「…慎一…しん…ち…」

喘ぎながら目を開いたぼくに、彼は無理やり唾を呑み込んだ。

「ちくしょう…おまえ、その表情《かお》やばすぎだ…」

唇を舌先で湿らせて、低い掠れた声で呟く。

「…お願い…して…慎一の…欲しぃ…欲しいよっ」

両手を伸ばして彼の首に絡めると、彼の身体が重なってくる。

「身体きつくないか？」

心配そうにぼくの頬を撫でながら、身体を気遣ってくれる。

「…きつくても…いい…。して…慎一で…いっぱい…して！」

また涙が溢れて、嗚咽を漏らしてしまう。

「ひかる…」

「…って…だって、慎一はぼくの恋人《もの》なんだから…っ」

「ああ、安心しろ、おれは、おまえのものだ…」

だだをこねるように言ったとき、彼は目を細めて本当に嬉しそうに答えてくれた。

何度も彼の欲望を突き入れられて、腿の内側に、じわじわと快感が拡がっていく。

「…ぁあ…ッ…」

震える唇から喘ぎが漏れる。激しく腰を打ちつけられるたび、彼の肩に担がれた自分の足が跳ね上がった。

火照って汗ばんだ肌が、シーツの上をせり上がっていく。つながった部分がズキズキと脈打ち、肉が擦れる快感に喘いで、爪先にぎゅうっと力が入った。

「…しん…ち…もっと…」

熱にうかされたように、ぼくは切ない声を漏らしていた。

もっと…、もっと彼に求められたい…。

〝彼〟の熱を全身に浴びて、ぼくの心も身体も彼でいっぱいに満たしてほしい……。

ぼくの上で動く彼の顎から、冷たい汗がぽたぽたと滴り、猛々しく貫かれるたび、身体の芯がとろけそうに痺れる。

「…はぁ…慎一…ッ」

朦朧とした頭で、ぼくは愛しい恋人の瞳だけを見つめていた。

耳たぶや首筋を這う舌に肌が粟立ち、目が潤んで濡れてくる。

「おまえは…、全部おれのものだ…」

「…は…ぃ」

息を抑えて囁く彼に、ぼくは喘ぎながら答えた。

「おれから…離れるな……」

滲んだ視界の中で、彼はひどくきまじめな表情《かお》をしていた。

「…は…ッ、ぁああ…」

さらに深く腰を沈めた彼に荒々しく貫かれ、身体ががくがくと揺さぶられる。

意識が甘い濁流の渦に呑み込まれるまで、ぼくは必死に彼の背中に摑まっていた。

◇◆◇

身じろぎした指先にシーツの感触を感じて、ぼくはゆっくりと瞼を持ち上げた。

ベッドサイドにあるスタンドの黄色っぽい光が、寝室をぼんやりと照らしている。目を開けているのに、意識がはっきりしてくるまで、かなり時間がかかった。

夢も見ずに眠ったのに頭も身体も重たくて、腕を持ち上げるのが、ひどくおっくうだ。

「喉がかわいた…」

呟いた声も掠れていて、なんだか少し息苦しい。

目を擦ったときパジャマを着ていて、無意識に首をかしげる。ゆうべ、ぼくは慎一と…。

そこまで考えたとき、突然、意識がハッと目覚めた。

「慎一…?」

無理やりベッドに身を起こしたとき、彼の姿はどこにもなかった。

「慎一っ、どこ!?」

声をあげても返事がなくて、痛いくらいに胸がズキズキする。

ふいに日時の感覚を喪失して、ぼくはベッドから這い出していた。慎一を探していて…たしかに、ゆうべ再会して部屋に戻ってきた。彼はぼくをしっかり抱きしめて…口づけてくれた…。

なのに一生懸命記憶を辿っても、頭に霞《かすみ》がかかったようでうまく思い出せない。

『…おまえを愛してる』

優しく囁いてくれたはず…。

それとも…ぼくはまだ、部屋で彼を待ち続けているんだろうか…？　それとも探し疲れて…、あきらめて、ひとりで公園から部屋に戻ってきたんだろうか……。

ぞくりと背筋が粟立って、頭からすーっと血の気が失せていく。

「…慎一…っ!!」

壁をつたって歩きながら、ぜんぶの部屋を見て回ったのに、彼の姿がどこにもない。

「…う…っ」

急に喉から呻きが漏れて、ぼくは口を押さえて床に膝をついた。

「……慎一……っ！」

「おいっ、どうした…!?」

コンビニの袋を持って玄関から入ってきた彼が、床に座り込んでいるぼくを見て、驚いて駆け寄ってきた。

「慎一…」

彼のジャケットの胸に顔をうずめると、張りつめていたものが弛んで、深い安堵の吐息が漏れる。


「冷蔵庫空っぽだったから、コンビニで食料調達してきたんだ」

彼はそう言って、ダイニングテーブルに食品を並べた。

「おまえ、レトルトのお粥をあっためるんでいいか？　他のもあるぞ」

テーブルに出されたものは、いつもぼくが気に入って買ってくるものばかりで、慎一の優しい気遣いが嬉しかった。

「まず、何か食べて…いや先に水分を摂った方がいいな」

「うん」

スポーツドリンクを受け取って、ぼくは笑って頷いた。

「身体…大丈夫か？　おれが、やりすぎたんだよな？」

屈んで心配そうに顔をのぞき込まれて、やっと自分が涙を流しているのに気づいた。

「ぼく、おかしいんだよ」

枯れたと思った涙が溢れて、声が震えてくる。

慎一は戻ってきて、いまここにいてくれるのに……。

「見苦しくて…、女々しくて…ごめん」

男のくせに、いつまでも動揺しているなんて…。慎一を支えられるくらい強くなりたいと思っていたのに、どうしてこんなに弱いんだと悔しくなる。

「不安にさせたおれが悪かったんだ。ともかくまず食事してくれ。おまえ、まともに食べてないんだろう? 何か胃に入れて…落ち着いてから、いろいろ話そう」

「はい」

真顔で身体を心配してくれる彼に、ぼくは目を擦って頷いた。

スポーツドリンクのキャップを開けたとき、自分の手が妙な感じに思えて、ぼくは目を瞬いた。顔を上げると慎一が見つめていて、彼が背後の部屋と一緒にゆっくりと左に動いていく。

「え?」

見上げた天井も、なんだか回っている。

「部屋が、回ってる…」

「お、おいっ、大丈夫かっ?」

「あ、大丈夫です」

ぼくは心配させないように答えた。

なんだか頭も身体も重いけど、慎一がいなかったときの苦しさと比べたら、大したことはない。でも、もう悲しくないのに、どうしてか涙が止まらない。

いつの間にか、ぼくはテーブルに両腕を載せてうずくまっていた。

「…ちょっと待て⁉　おまえ…、すっげえ身体熱いぞ！」

「え…平気です…」

抱き上げる彼の腕の中で答えたとき、なんだか舌がもつれる感じだった。

◇

今日は十二月三十一日だ。大晦日の夜だというのに、ぼくは病院のベッドに横になって、点滴を受けていた。きのうの昼に個室に入院して、一日半も眠っていたらしい。

なんだか久しぶりに、ひどい風邪をひいてしまった…。

慎一がいなくなったクリスマスから、ぼくはかなり深刻に悩んでいた。怖い夢を見るので、ろくに眠っていなかったし、胃が痛かったので食事のことはすっかり忘れていた。

そんな状態で長い時間、公園のベンチに座って、風邪が悪化しないはずもない。

なのにそのあと、彼に甘えて何度もセックスをねだったのは、自分なんだけど……。

「ひかる、つらい目に遭わせて、ごめんな」

夕方、目を覚ましたとき、彼はぼくの目を見つめて、まじめに謝ってくれた。病院に来たとき熱が三十九度あって、肺炎の一歩手前だったらしい。かなり体力を消耗しているぼくを見て、慎一の方が青ざめて、つらそうな表情をしていた。

「おまえに心配かけて悪かった」

そう言いながら、優しくぼくの額に手を触れる。

「やっと顔色がよくなったな」

彼はホッとしたような表情で笑うと、指の背でそっとぼくの頬を撫でた。

ぐっすり眠って頭にかかっていた霧が晴れた気分だ。点滴のおかげで、肌も喉も潤っていて、ずいぶん身体が楽になっている。

まだぜんぶの事情はわからないけど、慎一がここにいるだけで落ち着いていられる。

「病院に運んだとき、どうなるかと思ったよ…、おまえ、顔にぜんぜん血の気がなかったし、目は真っ赤で、おれにしがみついて、ぽろぽろ泣いてるし…」

「すみません、みっともない顔だったでしょう…？」

笑ってそう言われて、これまでのことを思い出すとカ〜ッと頬が熱くなる。

高熱で涙腺《るいせん》がゆるみっぱなしだったらしい。

「どんな顔してても、おまえなら可愛いんだけどな…」

嬉しそうに顎を押さえた彼に、ぼくは目を瞬いた。

「慎一…その顔どうしたの？」

そのとき初めて、彼の頬や顎に青痣ができて腫れているのに気がついた。

「ああ、松村に殴られた。『恋人をあんな目に遭わせて、いったい、どういうつもりだっ！』って思いきりな」

あっさりそう言うと、苦笑まじりに顎を撫でる。

「部屋に帰ったら、おまえいなくて、おれ捜し回ってたからな。夕方戻ってきたら、松村がマンションの前で立ってて、そこで気が済むまで殴らせて事情を聞いたよ。でも松村も居場所を知らないって話だし、おまえのケイタイは松村が持ってるし、もう…どうしたらいいか頭抱えちまったんだ」

「ケイタイ？」

「ああ、病院に忘れてあったってな」

慎一が預かっていたケイタイを受け取って、着信履歴を見ると、ぼくが部屋を出た日の昼前から、彼のメールや留守録メッセージが溢れていた。

「小夜子にも、すぐに電話して問いただしたんだ。おまえがひどいショックを受けて、二度と帰ってこないんじゃないかって…、そのとき心底ゾッとしたよ。おれにはもう、ぜんぜん捜すあてがなかったんだ」

「え…じゃあっ、どうして公園に？」

　ぼくも慎一が、どこにいるのかわからなかった。

　深夜の公園には、ふつうに考えたらいるはずがない。ぼくはあのとき疲れて悲しくて、あそこに行ったときは、まともな思考じゃなかったんだ。

「手がかりを探しているとき、おれのアトリエのデスクに、『帆船』の絵が置いてあるのに気づいたからだ」

　そう言って、彼は深く息を吸い込んだ。

「だったら、おまえは『港』の絵を持ってる。どこかで、おれを待ってるはずだ。そう思ったとき、あの公園を思い出した。おれ達が二度目に会った場所だからな。それでも…確証があったわけじゃない。ただ、絶対おまえを見つけるって思った」

「…うん」

「あの絵は…一枚だけじゃ意味がないんだ」

　嬉しくて潤んだ目で見上げたぼくに、慎一は複雑な表情で鼻の頭を掻いた。

「二枚で一対《いっつい》なんだぞ」

「うんっ」

　怒ったような顔で言った彼に、ぼくは目尻を拭って笑いながら頷いた。

　いつもは傲慢な『おれ様』で、甘いセリフや流し目で、ぼくをからかうくせに、本気の告白のとき、彼は思いきりまじめで不器用になる。

「ぼくも、帆船が戻ってくると思って、これを持っていったんです。エンゲージリングの代わりにくれたんだから、一生ぼくのものです」

「ひかる…」

少し喉を詰まらせながら笑って言ったぼくに、彼は切なそうな表情で目を細めた。

「…おまえが、いま無事でいてくれて、本当によかった」

ぼくの手を握ってそう言った彼から、痛いほど緊張が伝わってきた。

「おれは、何があってもおまえを手放さない。おれを信じて、一生そばにいてくれ」

「はい…」

誓いの言葉のような彼の告白に、ぼくはベッドから起き上がってまじめに頭を下げた。

「…さっき、おまえが目覚めるまで…この指の震えが止まらなかったんだ。みっともねーだろ…？」

「慎一…」

彼は軽く笑おうとして失敗し、ぼくの身体を抱きしめて、苦しそうに息を漏らした。

「おまえが…無事でよかった…」

目を細めて口づけてくれた彼に、また目の奥が熱くなってしまった。

詳しい事情を聞かなくても、もうこれだけでじゅうぶん彼を信じることができる。

ときおり不器用だったりするけど、彼は誠実で、ぼくを心から愛してくれている…。

◇◆◇

元日の午前中、病室に彼女が訪ねてきた。

心配する慎一に頼んで席を外してもらい、ぼくは彼女とふたりで話をしたのだ。

青いコートを腕に持ってイスに座ると、彼女はぼくに深く頭を下げた。

「こんな目に遭わせてしまって…、ごめんなさい」

その丁寧な謝罪のあと、ぼくは彼女から本当のことを聞いた。

「彼と別れてから、私はずっと忘れられなかった…」

膝の上に手を組んで、彼女は独白のように呟いた。

慎一も、忘れられない人だと言っていた。

失った相手の姿を自分の心に刻みつけて、たとえ十年後に出会っても、ふたたび愛しあえると思えるくらいの、すばらしい恋愛をしたのだと思う。

「クリスマスから一緒にいたのに、慎一は一度も私を抱いてくれなかったのよ…」

彼女は、少し目を潤ませて、まっすぐぼくを見つめた。

「ふたりで会ってすぐ慎一に言われたの、『おれにはもう、とても大事な人がいる』って……」

彼女がそう言ったとき、ぼくは驚いて目を瞬いた。

部屋を訪ねたとき、彼女に聞かされた言葉だ。

『ねえ、あなた彼の口から聞きたい？　もっと大事な人ができたって、もう、以前のように愛せないって…ごめん…って…。あなたは耐えられる？』

彼女の言葉を聞いたとき、想像しただけで身体が震えた。

『彼から聞くには、残酷な言葉でしょう？　言われたら…、とてもつらいわよね？』

あのときの涙は、ぼくへの同情だと思っていたのに…。本当は、彼女が言われた言葉だったんだ……。

「…だから、彼に嘘をついたの…。あなたの子どもがいるのって…、イギリスから呼ぶからって…。あなたに会わせるから、それまで私と一緒にいてって…頼んだの…っ。慎一は、すごく驚いて、会いたいって…そう言うの知っていたのよ私…、家族に愛されなかった彼が、どんなに真剣に考えてくれるのかも知って…たのよ。なのに、あなたにも…電話をかけて…」

言葉が途切れて唇を震わせたあと、彼女は赤い目を伏せて、寂しそうに微笑んだ。

「だから……もう、こんなことをする私はもう…、慎一が愛してくれた私じゃないのよ…。彼が子どもに会ったあと、あなたのところに戻るのも…わかっていたのに…」

ぼくの前で話しながら、彼女はひとりで懺悔をしているように見えた。

「月充さん…私、あなたが恐かったの…」

病室を出ていく前、彼女はぼくに向かってそう言った。

「彼に愛されているあなたが、恐くてたまらなかった…」

その彼女の最後の言葉を聞いて、胸が苦しくなった。

ぼくは彼女が恐かった。美しくて、女性で、慎一が初めて愛して忘れられなかった人だ。

彼女がしたことを、ぼくは責められない。

ぼくもきっと、彼を忘れられずに、ずっと想い続けてしまう…。

◇◆◇

元日の午後、ぼくは退院して自宅に戻ってくることができた。

部屋に風を通すため、全ての部屋のブラインドを上げて窓を開け放つ。

「う〜ん、気持ちいい」

顎を持ち上げて目を閉じると、流れ込んできた新鮮な空気が頰を撫でていく。

さっき慎一と玄関を入るとき、ふたりで「ただいま」と言って、顔を見合わせて笑った。

本当に久しぶりに、うちに戻ってきた気がする。もう慎一の部屋じゃなく、自分の中で、ここはぼく達ふたりの家になったんだと思う。

水色の空に薄い雲がゆったりと流れていくのが見える。大きく深呼吸すると、この部屋でひとりで悩んでいたことが、青空に溶けて消えてしまったような気がする。風邪もすっかりよくなって、いまは身体も心も軽くなった感じだ。

居間の観葉植物に水をやって、放っておいた部屋の中を片づけ始める。病院で年を越してしまったので、ぼくらの仕事場はいま凄いことになっていたのだ。

マンション一階のポストボックスを開けたときに、年賀状の束がどっさり届いていて、やっと新年になったという気がしてくる。

驚いたことに、慎一とここに戻ってきたとたん、ぼくは自分のやりたかったことが、たくさん見えてきた。いままで書きたかったあらゆる小説のイメージが頭の中に溢れてきて、目の前が開けていく感じだった。

「しばらく描いてないなぁ」

「うん」

しみじみ言った彼を見上げたとき、ぼくらは互いに上と下で顔を見合わせた。

「書きたいね」

「描きたくなるな〜」

ふたりで同時に言ってから、胸をはたいて笑ってしまった。

恋人同士だけど、ぼくらはつくづく絵描きと物書きなんだと思う。それは呼吸をするように自然なことで、互いの一部として認め合えるのが嬉しい。

「慎一、留守電のチェックしてくれた？」

「ああ」

年賀状を持ってアトリエに行くと、彼は製図台《ドラフター》で留守録を聞きながらメモを取っていた。

「真柴たちから、おまえに年賀FAXきてるぞ」

「ホントに？　じゃあ、全部片づいたら、あとでまとめて見ます」

ぼくが笑って答えると、イスに座った彼が軽く手招く。

「え？」

屈んだとたん腕を回されて、向かい合わせで彼の膝に座らされてしまった。

「まだ病み上がりなんだ、無理はするなよ」

ぼくを大事そうに腕にすっぽり収めると、彼は優しくキスしてくれる。

「いろいろ大変だったんだからな」

「うん…」

気遣ってくれる彼に胸が熱くなった。

ぼくが自分から唇を押し当てると、彼は目を細めて応えてくれる。何度もねだるように口づけて、絡めた舌の甘さにとろけてしまう。

「疲れたら言えよ」

「はい、でも大丈夫、調子いいですよ」

なんだか、いつもより心配性の彼に元気に答える。

「ひかる」

見つめる彼の瞳と耳元に響く声が、うっとりするほど甘い。

「……ぅ……」

ふいに首筋に口づけられて小さな喘ぎが漏れた。

「ちょっ…慎一」

シャツの裾から入ってきた手に胸をまさぐられ、ぼくは焦ってシャツの上から、もぞもぞする彼の手を押さえ込んだ。

「顔が赤いぞ、熱があるのか？」

ぼくの耳に唇をくっつけて、甘い声でくすくす笑う。

「あ、赤いのは……ぁ……ッ」

ふいに耳たぶをぺろんと舐め上げられて、身体がびくんと反応する。

「ま、待ってください……っ！」

いきなりぼくを抱いたまま立ち上がった彼に、大声をあげてしまう。

「連れて行ってやるから、ベッドで休んだ方がいい」

「し、慎一に連れて行かれたら、や、休めないじゃないですか〜っ！」

彼の肩に掴まって、ぼくは真っ赤になって大声をあげた。

「おれは、おまえの身体が心配なんだぞ」

口調だけ心配そうに言いながら、彼はぼくを抱いて寝室に歩きだす。

「慎一ィ〜！」

文句を言いかけたぼくは、途中で彼に唇を塞がれてしまった。

すっかり、いつもの慎一に戻ってしまった。

でも、見つめる瞳が嬉しそうで、ぼくも幸せな気分になってしまうんだけど……。


病院から帰ってくる途中、ぼくは車のナビシートで、これまでのことを考えていた。

「慎一、まじめなこと聞いていい？」

「うん？　いいよ」

遠慮がちに尋ねたぼくに、ハンドルを握った彼が温厚に答えてくれる。

「ぼくがいなかったら、小夜子さんと付き合いましたか？」

「そうだなぁ…、おまえがいなかったら、結婚したかもな」

軽くそう言った慎一に、心臓がドキッとする。

「…ぼくを、選んでくれたんですよね？」

「いや、どっちを選ぼうとか、そんなこと考えなかったよ。だって、おれにはおまえがいるんだぜ？」

慎重に聞いたのに、彼は純粋に疑問形で答えた。

「たしかに小夜子は、いまも魅力的だし、十年前より、もっといい女になったんだと思う。でもなぁ…、おれの記憶の中にいた小夜子とは違ってたんだ」

「それって、自分の中で理想化してるってことですか？」

「ああ、もちろんそれもある。でも一番は、小夜子の気持ちが変わったって気づいたことだ。このおれも、むかしと一緒じゃない。おれには恋人《ひかる》がいるし、小夜子にも大事な家族がいる。互いに十年前とは違ってるんだよ」

前を向いて運転しながら、彼は少し目を細めた。

「おれは小夜子にふられて、絵描きになった。でも小夜子は、絵描きのおれが好きだったわけじゃない」

「どういう意味ですか？」

「説明が難しいんだが…」

ぼくの問いに、彼はちょっと困った顔をした。

「初恋の女と感動の再会をしたのに、おれは絵描きの目で彼女を見てたんだ。十年前の面影を探しているようで、じつは目や肌や髪を、〝小夜子〟という被写体を冷静に見てる。べつにあらを探してるわけじゃないんだ。どんなふうに見てもきれいな女だし、あの不思議な印象も変わらない」

「うん」

彼女の神秘的な微笑みを思い出して、ぼくは素直に頷いた。

「おれ、小夜子に『冷たい目』だって言われた…。そのときまで、自分は優しく笑っていると思ってたのにな。あいつが父親に連れ戻された経緯を聞いたときも、あのときの自分の無力さに怒りを覚えたくらいだ。小夜子の境遇にも本気で同情した。なのに…、『どうして、そんな目で見るの？』って言われるんだよ…。だからもう、おれは小夜子の好きだった〝慎一〟じゃないんだ。それはあいつにも、わかっているはずだ。わかっていても、認めたくなかったんだろうな」

ため息まじりに言いながら、彼は唇を歪ませる。

彼女と再会したときの慎一は、一瞬で過去のあの時間に戻ったように見えた。

純粋に彼女だけを愛していた、あの時間にだ。だから…恐かった。

「おれはもう、絵描きの目で世界《まわり》を見てる。それが自然だから、誰もそんなことに気づかない。かつてのおれを愛していた小夜子だから、敏感に感じたんだろうと思う」

「…ぼくは最初から絵描きとして会ってるから、絵描きの目が冷たいって、どんな感覚かわからないかも…」

「ああ、おまえは最初からおれに〝特別な目〟で見られてるから、自分じゃわかんねーだろう」

「特別な目？」

「そう特別だ。おまえがぶりぶりぶり怒ってようが、ふくれてようが、自分でどつぼにはまって、暴れて泣きわめいていようが、おれ的には『可愛いぜ、ちくしょう』って見えてるわけだ」

「…そ、それって、喜んでもいいんですか？」

おそるおそる尋ねたぼくに、彼はおかしそうに笑う。

「素直に喜べよ、おれは絵描きの目じゃなく、目一杯〝恋人の欲目〟で見てるんだからな」

「…欲目だと、素直に喜べないじゃないですかーっ」

——も〜っ、と、あきれて笑ってしまった。


夕食のあと、ぼくはアトリエでふたりに来た年賀状やFAXを眺めていた。

「わ〜っ、真柴さん、さすがですね！」

週刊少年誌のマンガ家なので、決め絵がやたらとカッコイイ。本人がうっかり発言の多い、懲りない人なので、ギャップが楽しくなってしまう。

慎一の友人はマンガ家やイラストレーターが多いので、年賀状やFAXが凝っていた。

「ひかる、この福山からのFAX、どういう意味だ？」

「はい？」

慎一から受け取ったFAXには、新年の挨拶の他に、『風見の写真は、ひかるくんへのプレゼントです。セックスしてるより恥ずかしい写真かもな』と困った文面が書いてある。

「…二次会のとき、福山さんがくれた写真ですけど…」

「どこにあるんだ？」

「え〜…見るんですか…？　でも、ぼくにプレゼントって書いてあるし…」

「おまえは写ってないのか？」

「ちょっとは、写ってますけど…」

「じゃあ、持ってこい」

命令されて、ぼくはしぶしぶ青い封筒を持ってきた。

「う〜ん、あんまり見せたくないなぁ」

「セックスしてるより恥ずかしい写真なんだろ？」

福山さんのFAXを誤解して、慎一がぼくから無理やり封筒を取り上げた。

「え〜と…」

ふだんは、なかなか見せてくれない彼の素顔で、切なくなるようなまじめな表情で、ぼくを大切そうに見つめてくれている。ぼくにとっては最高に嬉しい写真なんだけど……。

「慎一、やっぱり見ない方がいいと思うよ」

封筒から写真を出そうとする彼に、いちおう念を押す。

セックスという言葉を勘違いしているので、すごく期待しているようだ。

「なんだよ、おれのにやけた写真ばっかり撮りやがって…」

写真をめくりながら不満そうに笑う。

ぼくは少し離れて、ドキドキしながら彼を見ていた。

でも最後の写真を見たとき、彼は一瞬〝うっ〟という顔をした。そのとき初めて、ぼくは慎一の頰が赤らんだのを見た。

「…ばっかやろうっ、福山っ！　こんな恥ずかしい写真撮りやがってっっ‼」

拳を握って大声をあげると、彼は写真を摑んで立ち上がった。

「あっ、ぼくのだから、破らないでくださいっ！」

写真を握りしめた彼に、ぼくはあわてて駆け寄った。

「だめだ没収だっ！」

ぼくが手を伸ばすと、サッと写真を上に持ち上げる。

「ひどいっ、その慎一、ぼくが一番好きな顔してるのにっ！」

負けないように怒鳴ったとき、彼の顔がますます赤くなって、ぼくは驚いて目を見開いた。

見たこともない表情に、ちょっと…いやかなり感動してしまった。

「慎一…？」

ぼくが顔をのぞき込もうとすると、彼はくるっと背を向ける。

黙ったまま写真を持って出ていく彼の背中を、ぼくは茫然と眺めていた。

——ホントに、セックスより恥ずかしかったんだ……。

◇◆◇

年が明けて三日目。

ぼくらは朝、成田空港に向かっていた。慎一に彼女の帰国を聞いたとき、ぼくが見送りに行きたいと彼に頼んだのだ。

空港ロビーに着いたとき、たくさんの人の中から、すぐに彼女を見つけることができた。ぼくらを見て微笑を浮かべ、まっすぐこちらに歩いてくる。

彼女は今日、黒のタイトスカートに茶のコートを羽織っている。落ち着いた大人の女性の装いだが、それでも彼女は、じゅうぶん印象的で美しかった。

「会いに来てくれて嬉しいわ」

ぼくを見てそう言った彼女の表情は、明るくなっていた。

「小夜子、もう、こいつをいじめないでくれよ」

「いえっ、いいんです」

ぼくの肩に手を置いてそう言った彼に、あわてて手を振る。

「だって、彼のおかげで私は慎一にふられたのよ」

少しとがめる口調で笑う。

「もう、ふられちゃったから、私、慎一の好きなブルーを着ないことにしたの」

「ああ、似合うよ」

笑顔で自分の服の胸を押さえた彼女に、慎一が目を細めて答えた。

ふたりで穏やかな視線を交わし、途中で彼女が小さくため息を漏らした。

「本当に残念だわ、慎一の恋人がどんな人でも、私、奪い取る自信があったのに」

ぼくを見て悪びれない笑顔で言った彼女は、もう完全に吹っ切れているように見えた。

「慎一っ、あのね、今度遊びに行ってもいい?」

いきなり後ろから高い声がして、ぼくは驚いて振り返った。

「ああ、いつでも来いよ」

後ろに立っている少年に、慎一が軽く手を上げる。

「え…誰?」

ぼくより少し背が低い少年に、目を瞬く。

「ランドルフよ、私の自慢の息子。どう? 慎一に似てるでしょ」

「え⁉　だ、だって目が…？」

嬉しそうに言った彼女に、ぼくは驚いて少年の顔をのぞき込んだ。

ぼくがあいさつすると、にっこり笑ってくれる。このきれいな少年は、栗色の髪に本物の青い目だ。日本語が流暢すぎて、違和感すら覚える。

「この子はイギリスと日本のハーフなの。亡くなったパパに似て碧眼《へきがん》なのよ」

「おれも、じっさい会うまで、もしかしてって思ってたけどな」

じつは、ぼくもそう思っていた…。

「でも、慎一の子どもだって思って育ててるのよ」

ふたりの会話を聞きながら、ランディがぼくを見てにこにこしている。

彼女に似て整った顔立ちが印象的な少年だ。九歳なのに中学生くらいに見える。

「ひかる、僕と友達になってくれる？」

「あ、うん、よろしく…」

少年に手を差し出されて、ぼくは笑って握手した。

「じゃあ、メール交換しようね」

「いいよ」

「よかったわね、優しいお兄さんで」

「うんっ」

ぼくと手をつないで、ランディが無邪気に頷く。ぼくは子どもが好きだし、子どもに好かれる方だけど…。慎一の元彼女の息子になつかれるのは、けっこう複雑だったりする……。

飛行機に搭乗するとき、彼女が差し出した手を、彼がしっかりと握り返した。

「ありがとう、慎一」

そのとき、初めて彼女の瞳にふわっときれいな涙が浮かんだ。

「私、本気で慎一を愛していたわ。嫁ぐ前に恋愛ができてよかった」

「おれも、本気で小夜子が好きだったぜ」

互いに過去形で言いながら、まぶしそうに笑みを交わす。


彼らの乗った飛行機が滑走路を走っていく。

機体が青空の向こうに消えてしまうまで、ぼくらはロビーで見送っていた。

慎一と笑顔で別れた彼女は、最後に何かが昇華したように見えた。

でも、ぼくには彼女の心の中はのぞけない。どんなに明るく振る舞って見せても、十年も大切に温めていた想いは、そう簡単には消えたりしないだろう。

子どもにも心配をかけないよう、彼女はひとりになったとき、そっと泣くのかもしれない。

そんなふうに生きてきた人だからこそ、どうか幸せになってほしいと思う…。

すべての悩みが解けたと思ったのに、ぼくにはまだ気になることがある。

「ねえ慎一、ランディが本当に自分の子どもだったら、どうしてた？」

「う〜ん…どうかな？　やっぱり子どもには、寂しい思いはさせたくないな。ひかると一緒に、たまに会いに行こうかとも考えてたよ。おまえがよければな」

その考え深げな表情で、彼の誠実さがよくわかる。

バラバラの家族の中で幼い頃から孤立していた彼は、人一倍愛情が深いのだと思う。だからこそ自分の家族を大切にしたいと思うだろうし、自分のように、けして寂しい思いをさせたくないのだ。

「…ぼくは男だし、慎一に…何もあげられない。慎一は、本当にぼくでいいの？」

これは、どうしても聞きたかったことだ。彼女を選べば、きっと慎一の理想の家族ができたはずだ。彼女と結婚すれば、本当の子どもだって得られる。

「本当に後悔しないかなって…。ごめんなさい、変なこと言って…」

「ひかる…」

「今度のことで、ぼくは慎一じゃなきゃだめなんだって、思い知ったんです…。ぼくが慎一に、あげられるものは、自分の気持ちしかないけど、それでいいですか？」

「ああ、おまえがいればじゅうぶんだ」

「本当に…？」

つい心配そうに聞き返したぼくに、慎一は苦笑して前髪をかき上げた。

「じゃ、おれがひかるを好きな理由を、まじめに言ってやろうか？」

「うん、聞きたいっ」

見上げたぼくに目を細めて、彼は人さし指を立てた。

「再会したとき、小夜子《あいつ》はおれの前で立ち止まっただろ？」

「はい？」

いきなり彼女の話を持ち出す意図がわからなくて、ぼくは首をかしげた。

「あいつ、きれいな顔で笑っていただろ？」

「…はい」

あの印象的な再会を思い出すと、まだ少し胸が苦しくなってくる。

淡い光の中に立つ彼女は、慎一の前で最高の笑みを浮かべていた。

「ひかるが小夜子の立場だったら、あんなふうに微笑んでいないって自信があるからな」

「え…？」

意味が、わからない…？

「おまえなら、会った瞬間、おれしか見えなくなる」

彼はまじめな声で、そう言った。

「何年離れて会ったとしても…、おまえは絶対、顔くしゃくしゃにして、おれの胸に飛び込んでくるだろ？」

自慢げな口調で言いながら、前を見つめる彼は幸せそうな表情で目を細めていた。

「すっごい自信…」

「『おれ様』だからな」

威張って胸を反らす彼に、笑いながら目が潤んでしまう。

「ぼくも見た瞬間、体当たりでぶつかってく自信ありますよ！」

自信満々に言ったぼくに、慎一が吹き出す。

「おれも、この先どんな強力なライバルが出てきても、おまえを渡さない自信があるぜ」

彼は、いつもの傲慢な口調で堂々と言い切った。

病院に松村が見舞いに来たときは、慎一はむっとしながらも、まじめに礼を言っていた。

「残念だなぁ風見先生、帰ってこなくてもよかったのに」

松村に、にっこり笑っていやみを言われたときも、彼は渋い顔で我慢していた。

「でも、ひかるくんが悲しむから、しょうがないなぁ」

松村は枕元で、ぼくにだけ寂しそうに囁いた。

「幸せそうな顔してるね」

そう言った松村の表情は以前とは少し違っていて、ぼくはそのとき、お礼と…謝罪をさせてもらったのだ。

「じゃ、風見先生、僕はまだ、ひかるくんをあきらめてませんから、よろしく」

帰るとき、やっぱり懲りずにライバル宣言をしていった松村に、慎一は大人の余裕でふっと目を細めただけだった。

「おまえには、ぜってーっ、やらねー！」

松村が去ったあと、余裕に見えた慎一が拳を固めて怒っていて、ぼくはつい笑ってしまった。


飛行機が何機も青空に飛び立つのを眺めながら、ぼくは慎一と肩を並べて話をしていた。

ぼくが彼にあげられるものは、彼を愛しているぼくだけだ。

「なあ、おれだって、ただの絵描きなんだぜ」

悩んでいたぼくに、彼は優しく目を細めてそう言った。

「おれは一生絵描きだし、おまえだって、ずっと小説を書いていくだろう？」

「はい」

彼の言葉に、まじめに頷いた。

「おれは、ひとりの絵描きとして、物書きのおまえを愛してる」

「…うん」

とてもシンプルな答えに、ぼくは笑って頷きながら、また目が潤んでしまった。

「ぼくも、ただの物書きとして、慎一を愛しています」

それを認め合ったとき、高みにいる彼を見上げるんじゃなく、初めて互いが対等なのだと感じることができた。

ぼくらは男同士で、もちろん恋人同士だけど、それぞれの手法で、自分の裡に持っているものを描《えが》く。それは仕事というより、たぶんぼくらの生き方でもあるからだ。

「じゃあ、さっそく行こうぜ」

「えっ、どこへ？」

慎一に肩を抱かれて、ぼくは意味がわからないまま歩き出した。

「おまえの実家だ」

笑って言いながら、慎一がぼくの腰を引き寄せる。

「い、いまから？」

「ああ、これからおまえを貰《もら》いに行く。覚悟しろよ」

自信に満ち溢れた彼の表情《かお》を見上げながら、ぼくは大きく息を吸い込んだ。

「はいっ」

元気よく答えたぼくに、慎一が嬉しそうに目を細めてくれた。

空港を出たとき、目に染みる青空がどこまでも広がっていた。

互いに目線を交わして笑顔で頷くと、ぼくらは肩を並べて、まぶしい太陽の下へ歩き出した。

これからも、ぼくはずっと慎一と一緒に歩いていく。

彼を思う気持ちは、もう誰にも負けない。

そしていま、ぼくは誰にだって堂々と胸を張って言える。

――これが、ぼくの愛している人です――。

END

あとがき

この本を手に取ってくださったみなさま、どうもありがとうございます。『専制君主のコクハク』、いかがだったでしょうか？　もうシリーズも八冊目ですね。今回、慎一とひかるは、それぞれが大きな山を乗り越えたと思います。互いの大切さを再確認できたんじゃないでしょうか？　シリーズ・タイトルは『ぼくのプロローグ』ですが、ひかるくんの長かった〝プロローグ〟が終わって、やっと先に踏み出した感じです。松村も、ちょっとは成長したんじゃないかな。じゅん先生は相変わらずですが（笑）。

ゆらは二〇〇三年九月で作家になって丸八年です。ベテランになれば仕事が速くなるなんて、大間違いだぜ！　とつくづく思い知りました（ゆらの場合ですが）。なんだか、どんどん遅筆になってます。いつまでも原稿を手放せないので、仕事関係にも家族にもご迷惑かけまくりです。〆切が二、三か月先でも、そのあいだ無意識に緊張しているらしい自分…。なので半年くらい商業誌をお休みして充電する予定です。

ふたりの実家での話や、怜司くんのその後は、もう今回入れる余地もなかったので、ごめんなさい。じつはＢＬでは、攻めの彼女が前面に出るのはタブーらしいので、今回かなりドキドキです。でもこれは、最後のエピソードとして書きたかった話なので、担当にわがままを言って、最終巻のつもりで書かせていただきました。気に入ってもらえたら嬉しいのですが…、あとは読者さまにお任せです。

もし、この本を読んで「その後が知りたい」「読んでやってもいいよ」、というご希望があれば、角川編集部にリクエストくださいね。いずれ書かせていただくかもしれません。

恋愛の難しさは、誰よりも思いが深くても、どんなに思い続けても、必ずしも成就するわけじゃないというところかと思います。

ひかるくんが慎一を失ったら、彼は頑固なので、ずっと彼を大切に想って、ひとりでいるんじゃないかな。

慎一も同じく、目に映る世界からすべての色が消滅するほどの喪失感だろうなぁ…などと、かなりまじめに考えたりしました。

読者さんには思いきり憎まれそうな小夜子ですが、ゆらは女性に甘いのでけして嫌いじゃなかったです。

片思いの場合、相手の幸せを願って退《ひ》く愛もあれば、醜く見苦しくあがいてしまう愛もあり、十人いれば十人とも違うのでしょう。潔《いさぎよ》くあきらめたら美しいし、微笑んで幸せを願えたら美しいけど、誰しもがそんな理想通りにできないのが現実です。立場の違いで切なくて、つらいだけだったりしても、自分の気持ちが止められない。そんな不器用さが、人間の愛しいところかもしれません。

同性とか男女とかに関係なく、恋愛をしたときの相手への想い方は、人それぞれの生き方なんでしょうね。

恋愛とは違いますが、ちょうどこの本が出る頃に、長年の友人がアメリカに行ってしまったり、ずっと一緒だった担当ともお別れだったりするので、ちょっとしみじみ…。卒業シーズンとも重なるので、いろんなものが自分の中でリンクしてるのかもしれません。

最後に、イラストの桜城やや先生、文庫&CDジャケットお疲れさまでした♡

桜城先生のラフがFAXで届いたとき、手袋してる慎一の艶っぽさにやられ(笑)、ふたりの再会シーンは、絵からくるものがあって感動でした！　いつも〜毎回イラストをもらうたび、文庫サイズに縮小されちゃうのが残念でなりません。いつも素晴らしいイラストを、本当にありがとうございます。桜城先生は怜司くんがお気に入りということで、今度は彼の話を書けるといいなと思います。

さて、担当のF様とは、この本を最後にお別れです。

Fさんが初めて担当したのが『ぼくプロ』の一冊目。この八冊目とCDで最後までのお付き合いになりました。なんとなく人生の節目を感じますね。

「おまえには最後まで苦労をかけられたな。これからは、まっとうに生きるんだぞ」

「先生ぇ～！（泣）」

慕っている先生に置いていかれるダメな生徒のように、うるうるしました（もちろん、ゆらがダメな生徒）。こんな↑会話はしなかったけど、いままで本当にありがとうございました！

これからは新担当のIさんを困らせないよう、まじめに生きてゆきます（…たぶん）。

担当Iさん、お疲れさまでした。一冊丸まる、じゅん先生の話が読みたいというリクエストありがとうございます（でも、ボーイズじゃないよ）。これからも激しくやりますので、よろしくお願いします。

そして、この本を出すに当たって、ご尽力くださった全てのみなさま。本当にお疲れさまでした。ここで心からのお詫びとお礼を申し上げます。

ゆらひかる

Eメール　yura@mb. infoweb. ne. jp
ホームページ　http://village. infoweb. ne. jp/~ryouma99/

◆コピー本・プレゼントのお知らせ◆

『専制君主のコクハク』を読んで気に入ってくださった方に、『ぼくプロ』番外編のオマケ・コピー本をプレゼントします。

このプレゼントは、角川編集部にお申し込みくださった方だけの、限定とさせていただきます。ご希望の方は編集部気付、ゆらひかるまで。『コピー本希望』と書いてお手紙をください。

①『専制君主なコイビト』じゅん先生のキャラ対談
②『専制君主のイタズラ』慎一視点の甘々ショート
③『専制君主のコクハク』ふたりの甘々ショート

各二十ページの小冊子です。すでに①②をお持ちの方は、③だけお申し込みください。どのコピー本が欲しいか、必ずタイトルを書いてくださいね。

送料は（一冊・九十円）（二冊・百四十円）（三冊・百六十円）の切手でお願いします。返信用宛名シール一枚を必ず同封してね。三冊とも〆切はありません。

仕事の合間にお送りするので遅くなる場合もありますが、ご希望くださったみなさまには、必ずお届けしています。そのとき、作品の感想などを少しでも教えてもらえると嬉しいです♡

お返事はなかなかできませんが、みなさまのお手紙はゆらの元気の素です。いつも大切に読ませていただいています。

◆その他の既刊本は以下の通りです◆　敬称略

『ぼくのプロローグ』『専制君主なコイビト』『専制君主のワガママ』『専制君主のソクバク』『専制君主のイタズラ』『専制君主のゴウマン』『専制君主はケダモノ』（角川ルビー文庫）
『王様一直線！』イラスト・大和名瀬（ビブロスBBN）
『銀の闇迷宮／D《ダーク》・ウォーカー』1・2・3　如月弘鷹（コミック原作／ビブロス）
『DARK　WALKER』『夢幻のレクイエム』イラスト・如月弘鷹（MOVIC）

☆個人では『ゆらねっと』というサークル名で同人誌活動をしています。
『ぼくプロ』本編の間のエピソードなどを書いていますので、イベント等で見かけたら、ぜひお気軽にお立ち寄りくださいね。

KADOKAWA RUBY BUNKO
ぼくのプロローグ
専制君主《せんせいくんしゆ》のコクハク
ゆら　ひかる

角川ルビー文庫　R51-10　12890

平成15年4月1日　初版発行

発行者——井上伸一郎
発行所——株式会社角川書店
東京都千代田区富士見2-13-3
電話/編集(03)3238-8697
営業(03)3238-8521
〒102-8177 振替00130-9-195208
印刷所——旭印刷　製本所——コオトブックライン
装幀者——鈴木洋介

ISBN4-04-437610-7　C0193　定価はカバーに明記してあります。